陌生地

STRANGELAND

章緣——著

目次

陌生地

1

「女士，請打開遮陽板。」

遮陽板拉起，藍天白雲，飛機從雲朵間穿過，無比熱烈的白色日光射進眼睛。

金光撥開雲朵，顯現耶穌慈悲的面容，祂張開雙臂，浮在塵世之上，彩雲霞光之間，金光如此強烈，所有匍匐的信徒都沐浴其中。她上的是教會幼稚園，每天老師都會講耶穌基督的故事，給小朋友看故事中的插圖。耶穌喜愛一切小孩，世上所有的小孩……她到現在還記得這首歌……不管黃白紅黑棕，都是耶穌的寶貝，耶穌喜愛世上一切的小孩。也只記得這首歌。

她曾以為自己也能長出小天使的翅膀，但她後來沒有參加過任何禮拜，如果她走進一間教堂，也是以遊客的身分，在那些尖塔入雲穹頂彩繪玻璃描花寶器流光的殿堂，輕聲細語，拍照留影。

請勿高聲說話。導遊站在巴黎聖猶士塔大教堂前這樣提醒。團裡有不少華裔面孔。沒有信仰，就沒有敬畏。

有婦人投幣，點亮一根燭火，加入長桌上的燭海。

「這裡就是天堂，」有人在她耳邊說，溫暖陌生的氣息，「中世紀的人所能想像到的天堂，集合了各種華美，呼應天堂的牛奶和蜜。」

這是艾諾對她說的第一句話。天堂。他的英文尾音上揚，吐字像嘴裡含了糖。她沒轉頭，也輕聲說：「宗教總是關於天堂。」

「更關於死亡，靈肉的完全銷毀或轉化。」

她曾在倫敦西敏寺看到，主教先知和聖人的祠墓，栩栩的雕像，鼓出的石頭眼珠。沒有死亡的氣味，關於腐肉和白骨的聯想。在教堂裡的死亡是受祝福的，是潔淨的，死得其所，因為信心和奉獻被紀念，但也是不得安寧的，一日日迎接這麼多遊客。

不論天堂或死亡，她跟艾諾有了一種默契，接下來的參觀活動中，他一直在她身後，亦步亦趨，午餐時坐到了一起。這是巴黎下榻旅館組織的一日遊，他們是團裡僅有的單身人士。他來自印度洋的C島，至少混了三種族裔，皮膚黝黑，狹長臉，高鼻，黑髮，極大的圓眼，思索時翻出眼白，長翹的睫毛，讓她想到生物課上學的捕蠅草，捕獲獵物時合攏。她猜他是詩人，因為他眼神憂鬱。但是他說他學醫，曾經學醫，書桌上擺一個骷髏頭，天天默背人身上兩百零六塊骨頭。後來又做了其他的事，但在他不做什麼事時，他的確是詩人。

先賢祠是最後一站，崇偉的大廳中央，巨大的傅科擺證明地球在自轉。轉一圈，日出日落，轉著轉著，所有生者都死去，極少數的人，留下名氏，躺進這裡的石棺槨。他們走過居里夫人盧梭雨果伏爾泰左拉等先賢的棺槨，石室陰涼，一個個小套間，單人雙人或更多，一級級石階引領或誤導，直至團隊的其他人不復可尋。

她貼著寒意沁人的石壁，望著艾諾閃亮的眼睛。他更喜歡葡萄牙埃武拉的人骨禮拜堂，他說，一條甬道向前到聖壇，四面牆和天花板鑲的全是白骨：頭骨、肋骨、手骨、大腿骨，也有骷髏以完整的面貌躺在打開的棺槨裡。所有骷髏如此相似，兩個大眼洞深深看向永恆。

靜坐的師傅曾教她調息冥想：把注意力放在你身體的洞穴，眼洞鼻洞嘴洞耳洞，空洞讓氣息自由穿過，欲望煩惱無由沾黏。她想著，所有莊嚴棺槨內的白骨也是這樣嗎？不論曾有過什麼偉大的發明和著述。艾諾神祕的大眼睛，也是這樣的洞？

我樂於陪你一起去，他說，萬聖節的時候，也許？一手支牆，伸指輕觸她的肋骨，如撫琴般順著她的肋骨往下。

也許。

她高且瘦，骨架子抵著薄薄的皮肉，鎖骨胸骨胯骨。艾諾迷戀她的骨架，當她赤裸臥床時，有種非人間的神祕魅影，讓艾諾更加熱情。對方越熱情猛烈，她就越陶醉，但再怎麼陶醉，也是慵懶地一動也不動，就像死了一樣。艾諾迷戀她的扮死，上上下下，翻過來倒下去，一身汗。

「C島地面溫度……攝氏度，……華氏度，需要轉機的旅客請往……機長代表全體空服人員，感謝您，再會。」機長的英文聽起來就像艾諾，這讓她嘴角露出一絲微笑。艾諾告訴她，四季如春的C島是人間天堂，看多了華美精緻的歐洲歷史文明，需要粗礪鄉野和天然山水的調劑，這裡旅遊業發達，人人能說幾句英文，她根本不用擔心，何況他會來接機，已經幫她準備好住處。

四周人紛紛解開安全帶，這時廣播發出沙沙的雜音，背景裡有人快速說著什麼，然後是機長的聲音：「各位旅客請注意，國家防疫局剛剛通知我們，從X地入境的航班，需要檢疫，請您下機後，依照工作人員的指令，往檢疫區接受檢疫。謝謝合作。」

與此同時，空服人員出現了，每個人都戴上白色口罩，一路上親切的笑容不見了，露出的眼睛一雙雙都像監視器，眼神裡有一絲什麼，讓她頓覺陌生。開始派發檢疫單，黃色和紅色兩種，同時派發口罩。她注意到前面幾排乘客拿到的都是黃單，空服人員遞給她的卻是紅單，她警覺地問：「這紅單子是？」

「上面是您的名字嗎？」

「是的。」

「待會兒出了機艙，會有人舉牌子帶您到檢疫區的。」

紅色和黃色，有什麼不一樣嗎？黃燈是提醒，快速通過如果來得及，紅燈就動不了了。C島不過是返家途中的暫時停留，只停留五天，五天四夜，她跟艾諾分別一年後第一次相聚。艾諾要帶她吃特色海鮮，廣場燒烤，教她衝浪……巴黎別後，她跟艾諾一直保持著聯繫，得知她在X地工作，艾諾邀她返鄉途中見面，C島就在她返鄉航線上。

彷彿記得在網上讀到某種傳染病的蔓延，正是在地球的這一角落，但她並沒有跟艾諾所在的地方聯想在一起。她來看人不是看景，對這裡一無所知，也寧可保持著這份無知。就像她對艾諾所知有限，才被吸引吧？

她把紅單子塞進包裡，背起牛皮背包，腳步輕快往前走去。一下機，果然看到前頭排起了幾個隊伍，黃單子和紅單子，但也有一些人沒有拿單子，直接右轉去搭電扶梯。她找了個人比較少的紅單子隊伍。

紅組的負責人是個蓄平頭戴大金耳環的胖女人，戴醫用口罩。她點清人數，「請跟我來。」

「行李呢？我還沒領行李。」那件行李裝滿了她工作上的材料、紀念品、衣物飾品、筆電和給艾諾的電動刮鬍刀。

胖女人轉頭，「我知道，女士，你甚至還沒過海關呢！」

他們在機場裡走了一段路，推開一扇玻璃門，裡頭有幾間辦公室，許多像他們這樣的旅客進進出出，工作人員穿著太空人那樣從頭蓋到腳的白色防護服。大門在她身後碰一聲關上。

有人查問：之前去過哪些地方？這次會住在哪裡？聯絡人電話？資料輸進電腦，護照被複印，測量體溫，棉花籤探進喉嚨深處狠狠刨了一下，放進寫著姓名和號碼的防菌袋裡。

「請問，是什麼傳染病？」

對方含糊吐出她沒聽過的英文單字，或著根本不是英文。交給她一張打印出來的單子，上面有個G開頭的十三位號碼。「關於檢疫的所有事情，都需要這個號碼，妥善保存。」單子上除了她的資料外，還有一個諮詢電話，她比較安心了。

艾諾應該已經在外頭等她了。她拿出手機，卻沒能接上機場的無線網路。她有豐富的旅行經驗，遇過趕不上飛機，飛機故障，有人在機上發病各種緊急事件，但從未糊里糊塗進了一個有傳染病的地區。如果有無線網路就好了，至少可以查一下疫情。為什麼艾諾沒告訴她有疫情呢？是突然爆發的？如果疫情嚴重，她在出發時應該就會被警告，或者，進出口岸都會被封閉。

她想找人問，但胖女人這時又把門打開，揮手讓大家跟著走。走了一段路，胖女人推開一扇門，所有人的行李箱都靠牆排著隊。

她抓住機會問：「這裡有無線網路嗎？」

「有的，你需要註冊。」

大家都拉好自己的行李，胖女人便引他們走過另一扇門，辦理入關手續。她以為不跟其他旅客排隊是彌補檢疫損失的時間，但立刻就明白是隔離。他們被懷疑帶有病原嗎？如果這裡是疫區，難道他們不是該被保護的人嗎？海關人員要她拿下口罩對準攝像頭，既沒有歡迎她，也沒有祝她愉快。

出關後，她低頭在手機上來回撳，卻一直未能註冊成功。很多國家的機場無線網路都是自動登錄的，她心裡嘀咕。

「不好意思，」她跟胖女人說，「能幫我聯絡一下我的朋友嗎？我沒法打當地電話。」

「你要借電話？」

「我需要借電話。」

「我幫不了你。」胖女人從口罩後說，似乎喘著氣，口罩被她吹出的氣息波動，腋下衣服兩團深色汗漬。

她有點意外這樣一點小忙竟然得不到幫助。「別的機場都有電話服務站，可以買無線上網卡，可以辨門號，可以……」

胖女人只是直愣愣看著她，像是聽不懂，或是不關心。她突然記起自己不是單獨一人，還有十幾個同伴。她轉頭尋找，人人都戴口罩拉著行李，她不知道如何從戴口罩的面孔去辨識人，何況根本不認識，一路上只是下意識跟著前面的人，那是穿黑色條紋襯衫的寬大背影？大家依照指令行事，沒有人提出任何問題，現在，他們往前去了，丟下她。

胖女人腰帶上掛著的對講機響起，湊到嘴邊嚷出一串話，對方也嚷了一串話，來回數次。胖女人把對講機掛回腰帶，腰帶把肚子勒成兩截，上半截隨著她的動作晃動。「跟我來。」

雖然她不喜歡這個女人，不喜歡她直愣愣的眼神，不喜歡她走起路來大屁股搖擺的蠢樣，但她這時像落水後抓到一根木頭，緊緊跟隨，生怕跟丟了。胖女人打開一扇門。她從沒注意到機場裡有這麼多扇門，門後有窄窄的通道，亮著白燈，白牆上沒有任何圖片和文字，各種電線管路在頭頂上走。這樣走了一段路，胖女人突然停步，打開左手邊一扇門，外頭的熱氣襲來，她像從水底浮上水面，看到幾個石灰泥的大柱子，托住一條公路，車子在上頭呼呼地跑，公路下停了一些車，等著拉客或是其他，有人在哇哇叫喊著什麼。已是黃昏。

胖女人手裡突然多了個噴霧器，對著她從頭到腳狂噴一氣，行李也不放過。「好了，消毒完畢。記住，在檢測結果出來前，不得外出。」女人指著外頭，一部黑色小轎車，車門打開，一個戴口罩男人快步朝她們走來。此時身後的門砰地關上，她使勁推。嘿！哈囉？一秒鐘前，她恨不能插翅離開這個鬼機場，現在覺得裡頭可能更安全。她無法再保持鎮定，有如見多識廣的專業女性。

這些人以檢疫之名，要把她帶到哪裡去？

男人一把攫過她的行李，扔進破車的後車廂。

「嘿，你在做什麼？」

男人抬頭，捕蠅草的眼睛。「快，這裡不能停車。」是艾諾。她鬆了口氣。艾諾快速繞了個大彎，逃命似地上了公路。

「說這裡有傳染病？你為什麼沒說？你知道我剛才簡直是……」

「啊，你要戴好口罩，不可以摘下來。」

艾諾的回答就像是沒回答，只是安撫地碰碰她的手臂。她遂不再開口，雖然有滿腹疑問。這裡換接另一條公路了，這裡靠右下高速了，車子開在大路上，小路上，進入一個小鎮，她以為到了，但是車子繼續往前。她閉上眼睛，嘴巴乾苦，胃痙攣，失去了時間概念……

車停，引擎聲沒了。她睜開眼睛，眼前是艾諾的大圓眼睛，露出眼白。

「我們到了。」

艾諾把車子停在雜草叢生的空地上，拎起大行李輕鬆往前走。這是一片舊公寓房，每樓六層，整齊排列，四周不見人影，如不是幾個窗戶後透出燈光，她都要懷疑這是什麼廢棄的舊樓，或是根本沒蓋好的爛尾樓。經過一個崗哨，一個戴口罩穿制服的警衛站在進口處，哨亭裡還有一個。艾諾喊了句什麼，警衛揮揮手讓他們進去。

到了其中一棟，艾諾帶頭爬樓梯，爬到第四層停下。沒有電梯。她知道艾諾不是有錢人，但能去歐洲旅行，曾經學醫，有聰明風趣的談吐，怎麼樣也是中產階級吧。她沒有想到會住在這樣的地方。她不是沒住過簡陋的所在，為了工作，她曾住在比這條件更差的地方，窗戶沒有玻璃，用水要去井裡打，到處是蒼蠅蚊子和大蜘蛛，吃什麼都拉肚子，而那個戶外廁所……不過，那是工作，現在她是度假啊！她調穩呼吸。今晚可以對付過一晚，明天就搬到酒店去。

艾諾打開房門，一股霉氣。「我朋友的地方，借給你，有吃的，有毛巾，有床單枕頭被子什麼的，有自來水和電爐，你會好好的。」

艾諾把基本的生活配備，說得好像是五星級酒店。她悶得喘不過氣，一把拉下口罩。

艾諾退後了一步，「哦，不，你不可以。」他再退一步，摸摸自己的口罩是否戴得嚴密。「聽我說，我冒了大危險接你，檢疫隔離要三天。」

「三天？開什麼玩笑？我只有五天，不，四天！」她驚呼，「我沒有病啊，是你們這裡，你們這裡有傳染病，我來的地方沒有啊！為什麼把我關起來？」

「冷靜點，他們沒告訴你嗎？過去這一天，你出發的城市，爆發疫情，那個，我們之前也有，已經控制住，現在，輪到地球另一邊。」

「真的？」她半信半疑，「這裡有無線網路嗎？」

「沒有，我的手機有，不能借你，事實上，我依法，不能跟你在同個地方，只能送吃的，有什麼緊急需要，找我。」

「我怎麼找你？」

「我每天都會來。」

「你要把我一個人丟在這裡？」

艾諾看著她，長睫毛沉重地搧動，眼神裡沒有重逢的快樂，沒有一點激動，有的只是謹慎的揣度。她發現一切都錯了。不但踏上這個旅程是個錯誤，他們剛才的重逢也錯了。一年不見，他們早又是陌生人。本來這陌生可以是催情的，可以是刺激的，只要一個緊緊的擁抱，一個深深的吻，他們就又是一對愛侶。但現在她成了囚徒，他不過是獄卒。她感受不到他的魅力，只覺得他在抗拒著什麼，懼怕著什麼。他也感覺不到她的魅力，那曾經令他欲罷不能的銷魂魅力。他們曾有過那樣的默契，總是分毫不差接住對方的話頭，以機智幽默娛樂對方。瞧現在他們都說了什麼？

她把口罩戴上，讓他不再害怕，調動所有風情在眼裡，傳達她需要他。「謝謝你來接我，這真是一個想像不到的麻煩，但是，我們會度過的，是吧，我們還是有機會去你那個小酒館，到那時，我們要喝個痛快。」

艾諾的眉頭鬆開了，「是的，是的，都是出人意表的，如果你知道，這個傳染病有多……可怕，你就知道，我們必須這樣做。」

艾諾把燈打開，昏黃的燈光，來自天花板中央一個大燈泡，她很少見到這樣沒有燈罩的燈。但她安慰自己，至少這屋子不是黑的。

「餓了？去吃點，睡覺，明天醒來，會好多。」艾諾默默看了她幾秒鐘，她注意到他的手微微顫抖，「我不把你反鎖，怕萬一，火警什麼的。但是你絕對，不可以出去。」

「有誰會知道呢？這裡連個鬼影子也沒。」她想到那個看似虛設的崗哨。

「他們會知道的。」艾諾說完便走掉了，門砰一聲關上。

她打開門，艾諾已經消失了，只聽到他快速下樓的腳步聲。艾諾在怕什麼呢？他們是誰？

這個破公寓，二十五平方米，最多不超過三十，灰白塑料板鋪地，灰白的牆，只有一扇窗，掛著褪色的赭紅塑膠布，窗邊一張四腳鐵柱的單人床。另一頭有張咖啡色檯子，一個櫥櫃，水槽、小冰櫃和電磁爐。

尿意很急，還好一扇小門後有沖水馬桶。她半蹲著沒敢坐上去，一邊尿一邊打量。牆上拉出一個水龍頭，看來這也是洗澡的地方。沖水後，黃水從馬桶底座緩緩滲出。她第一次懷著感恩的心情回憶在深山溝裡的那個項目，已經體驗過那種苦，眼前的算什麼？該死的是她在度假模式。

她擰開水龍頭，就著細流的水洗了手。

2

請打開遮陽板，女士！

她睜開眼睛，天花板的黃燈光射進她眼睛。她在哪裡？啊，想起來了，倒了八輩子楣。她坐起來，頸脖和大腿被臭蟲咬了，紅腫發癢。竟然就這樣睡著，沒洗臉，也沒吃東西。她記得自己想燒開水，但是沒有水壺。她奔向自己的行李，那是來自文明國度屬於她的物件。行李拉杆上掛了一個購物袋，裡頭有兩瓶水，一袋白吐司，一瓶黃澄澄的果醬，還有一個體溫計。她必須每天兩次記錄體溫。水銀體溫計？她沒用過，耳溫槍方便快速多了。

她灌了大半瓶水。睡了一覺，體力恢復不少，頭腦也清楚多了。就是三天嘛。先用冷水，也只有冷水，洗了臉，把眼霜面乳輕柔抹上，做了點按摩。從化妝袋裡翻出一個小圓鏡，看了看自己。至少，我還是我。她對鏡中人扮出微笑，就像每次面對鏡頭或自拍時一樣，不需要一絲愉悅，她就可以這樣笑。笑容不見了，她看到自己臉色發白。

打開櫥櫃，四個邊角停了數隻黑色小蟑螂，她找到刀叉。她有多年不吃白吐司，只吃健康的全麥和雜糧。黃果醬一抹，吐司崩散，不新鮮，但她一口氣吃了三片，把瓶裡的水都喝了。真希望能有杯熱咖啡。艾諾不知道何時來。行李箱裡有雙麻拖鞋，她從不穿酒店裡那種一次性的白拖鞋，或者是日本小旅館的膠鞋。但她還不想打開行李箱，也許今天就能離開這裡，到一個適合打開行李箱的地方。

她還穿著昨天的衣服，白天氣溫上升了，她把襯衫扣子解開。背包口袋裡摸到一小包薯片，半盒小錫罐裝的 Godiva 巧克力豆。有本書，日本傳統色彩學。沒有網路，五光十色眾聲喧嘩的世界關上門，如果她帶了 iPad 電子書就好了，如果……她叫停。沒有如果，不要如果，再想下去，她知道那個念頭會出現，而且盤旋不去。

如果她沒有來。

日本有那麼多摻灰的顏色，跟這個世界百搭。她的眼睛停在書頁上，沒有讀進一個句子。疾病是什麼顏色？灰白？那是病房和醫生護士。腥紅，那是血，焚燒的火。隔離是什麼顏色？青灰或是藍黑……她迫切想見到艾諾，他是她通往世界唯一的橋樑，她想知道關於這個傳染病，關於檢疫，關於剛離開的X地，關於她的處境……她有那麼多問題。

雖然是白天，外頭還是沒有一點人聲，沒有人在外頭走動。什麼地方有抽水馬達機械的響聲。有些窗戶有窗簾，窗簾被風拂動，是唯一的生活跡象。一個穿深藍制服身材魁梧的禿子走來，抽著菸，站在樓之間的狹長空地，抬頭兩邊看看，樣子很神氣。這是保護我們的人嗎？這是監控我們的人嗎？艾諾說如果她走出去，他們會知道的，他們是誰？是這個人或是一群穿制服的人？斜對面五樓窗口有個人影，也像她這樣，頭抵著窗向外看。如果不是那個穿制服的人在那裡，她可能會對他招手，雖然她向來不夠熱情，對陌生人懷著戒心。

那群剛說了再見的工作夥伴們，如果聽說她的窘境會怎麼反應呢？他們從未謀面，只是在線上會議室一個個小窗口，露出半身影像，用各種口音的英文流暢地溝通，背景是書房或是虛擬的星空。在幾個月的合作裡，蒙特利爾的文生給她的回應特別熱情，如果他私下寫電郵來，她不會意外，她想像自己對他怎麼描述這段經歷，詼諧自嘲，夾雜幾句法文，幾個掩面而笑的誇張表情。他們的關係還不足以分享恐懼。

幾天前還依依祝福道別，現在這群人像是從未存在過，完全的陌生。線上，有人說雲端，更虛無飄渺了，每個人立在一朵雲上。原本可以筋斗雲一踩遊遍四海八荒，網路一斷就只能從雲端摔落。

她弄溼毛巾，擦了擦身。沒有熱水，幸好是夏天，她坐著不動也微微出汗。她等待艾諾來，帶給她外面的消息、食物和熱情。

跟艾諾在巴黎的最後一夜，艾諾眼中閃著淚光，那晶瑩的微光把她溫柔包覆。他告解似地說起自家事。父親是個酒鬼，母親在生第五個孩子時難產死了。姊姊當老師，因為一隻眼睛半瞎，一直沒結婚，妹妹嫁到另一個島，生了三個孩子，有兩個夭折了。他很少去看望姊妹們。他跟大他兩歲的哥哥感情最好。小時候兩人形影不離，哥哥總是護著他，為他打架，打得頭破血流。島上的男孩，如果不會讀書，就要會打架。

十四歲時，母親的弟弟菲爾從國外回來。菲爾舅舅十幾歲偷渡到美國打工，賺到了錢也拿到身分。舅舅很胖，下車走進家門，短短一段路喘得不行。他看著從未見過的兩個外甥，嘴裡嚷著：「你們跟莉卡簡直是一個模子刻出來的啊，當然，她比你們漂亮。」菲爾舅舅給每一個人都帶了禮物，但是他的注意力只放在艾諾和哥哥身上。臨走時，他提出了一個慷慨的建議，願意資助親愛莉卡的一個孩子到最好的寄宿學校讀書，幫助他成為一名醫生。那時候醫生還是最能改變個人社會地位和家庭景況的職業。這個建議給全家帶來了希望，但誰才是那個幸運兒呢？

中選的幸運者無疑是艾諾。她理解了艾諾的氣質為何優雅又陰鬱，優雅來自於所受的一流教育和天生的敏感，陰鬱則是因為原生家庭是如此不幸，而身上的壓力又是如此巨大。

門鎖轉動，她跳起來，有點驚訝艾諾沒有先敲門，她有可能在睡覺，甚至在廁所。她趕緊戴上口罩。

艾諾進門劈頭就說：「剛送走一批。」

「送走一批？」

「嗯，病情急劇惡化。這是一種，庫庫努亞，嗯，呼吸系統的傳染病，病毒，透過飛沫傳染，很容易。」

她坐在床上，艾諾並沒有過來坐在她身邊，拉了椅子坐在小公寓離她最遠的地方，門邊。

「你像個警衛，」她試圖緩和氣氛，「你不想念我嗎？」

「死了很多人，疫病不管你是誰，好人壞人年輕人和老人，你得了病，像感冒，咳嗽，低燒，休息兩天就好了？但是沒有。第三天，全身無力，喘不過氣，第七天，再也吸不到，空氣，你的肺，報廢。」艾諾一口氣說完，在口罩後喘氣。

「我的天，我在這裡安全嗎？」

艾諾從背包裡掏出一個魚罐頭，兩瓶水，兩根發黑的香蕉，一包紙裝的東西，一一擺在桌上。

「請你有耐心，沒有別的地方，只要不出去，不跟別人接觸，這裡安全。」

「你可以給我帶點衛生紙嗎，還有，我很需要咖啡，不喝咖啡讓我頭痛。」

艾諾沒有說好或不好，只是說：「魚罐頭抹麵包，很不錯。」

艾諾走了。他沒有多留一會兒，陪她說說話。躲避，逃離，除了那一點點食物，沒有任何東西可以給她。他懼怕她有如瘟疫。即使在這樣可悲的景況，她還是希望能跟艾諾一起嘲笑這一切。不荒謬嗎？不可笑嗎？但是艾諾似乎變成另一個人，回到島上保守刻板的文化氛圍，被家庭的期望壓得失去了幽默感。

她把紙袋打開，是一些乾果，大概是島上特產吧？魚罐頭，開罐器呢？這可不是易拉罐。

她吃著晚餐，食不知味。此刻最關心的是衛生紙夠不夠，行李箱裡有嗎？她常會塞幾包紙手帕在衣物縫隙間。輕輕把行李箱放倒，她有大把的時間可以檢查這個皮箱，從其中發現以前不知道的事物……

終於闔上皮箱時，外頭一片漆黑。胸口和腋下散發出汗酸味。沒洗澡洗頭，沒換衣服。無事可做無處可去。她沒有開燈，不想驚擾裡外全然的黑暗，怕突顯自己的存在，一個異鄉人，一個健康人，這是病毒會想要收服的對象吧？

有什麼聲響，窸窸窣窣，有人在翻動袋子，在尋找著什麼？她摸到牆上開關，房裡瞬間大亮，只來得及看到一個黑影沿著桌腳一溜煙下來，消失在某個角落。她本想尖叫，但控制住了。為一隻老鼠尖叫，未免太大驚小怪，這可是一個傳染病隔離中心，人們面對的潛入者是死神。

乾果袋子被咬破了，散了一些出來，她把剩餘的食物收拾好，放進背包。

倚在窗邊，頭抵著骯髒的窗玻璃，她注意到斜對面五樓那扇窗，有光影閃動。有誰也深夜不寐，或是，竟是因為她開燈，那人也開燈？人在孤獨中，難免生出這樣一廂情願的想法，難免把外界發生的一切跟自己作聯繫，但是，此刻那個窗簾掀起了一角，她幾乎可以確定，那人正在偷偷打量她。她生出強烈欲望想跟對方招呼，不管那是個什麼樣的人，生病或健康，男或女，老或少，至少，那個人跟她一樣困在此地。她那麼多朋友，現實裡的，雲端裡的，只有這個人才了解她此刻的感受。

她關燈，旋即開燈，如此再三，就像打信號。然後等著。過了一分鐘，或其實只是幾秒鐘，那個窗戶暗了。

她解鎖手機，翻找艾諾發給她的兩張照片。一張是她裸身側趴在床，頭枕在交疊的雙手上，兩塊突起的肩胛骨，側邊壓出半個乳房，細腰，弧線不明顯的臀，右腳背輕鬆跨在左腳踝，頭髮蓋住半張臉，一雙狹長嫵媚的眼睛，勾著鏡頭後的男人。一張是艾諾在C島海灘的照片，穿著海灘褲，黝黑的上身，結實的小腿，腰線纖長性感，體毛長到了肚臍眼。

她仔細來回看了幾遍，感到絕望。

3

早晨。這是第三天了！

她用冷水洗了個澡，用齒梳仔細犛過頭皮，換上乾淨的衣褲，允許自己吃掉那包薯片和最後幾粒巧克力豆，甚至拿出太陽眼鏡和防曬霜。

近中午的時候，艾諾來了。

「哈囉，你帶來好消息了嗎？」她在門口歡迎。

「好消息？」

「第三天了，我可以離開這個鬼地方了？」

艾諾歎口氣：「小姐，還有一天，你要檢疫七十二小時。」

「還有一天？」她叫出來。

「喏，開罐器。」

「我的檢測結果呢？他們在機場給我做的檢測，那個可以證明我沒有病，我沒有病，就不用再隔離。我留了你的電話，他們應該會告訴你結果。或者，你打電話給他們！」她連珠砲說著，從背包裡拿出那張檢疫單，上面有電話。「你打給他們！這上面有我的編號。」

艾諾掏出手機，打了電話。他說了一串話，似乎在詢問，似乎在解釋，照著單上的號碼讀了一通，但沒有一個字她聽得懂。掛了電話，艾諾告訴她結果還沒出來，一出來就會通知他。

她坐在床上，不說話。

艾諾朝她小心翼翼走了幾步，走到離她一米遠。「忍耐，忍耐……」

「我以為今天就自由了，我恨透了待在這裡，哦，艾諾，難道你不能幫幫我？你認識什麼人，幫我問問，能把一切加速嗎？或是讓我去個旅館也行，這裡我真是一刻也待不下去了。」她哽咽。

艾諾思索著，猶豫著，翻著眼白，那曾經澄澈的眼白泛黃有血絲。「我是認識人，醫院，檢疫部，有時我也會……，」艾諾說得沒什麼把握，「但是，很麻煩，他們不會隨便給你，開後門，不過，我看不出為什麼不能，到一個舒服的地方待著……」

「對的對的，那我就是到了天堂！」她加重「天堂」兩個字，希望提醒眼前人，他們的火花是從這個字開始的。

「我想我可以，試試，但，就像我說的，不是那麼簡單……」

「拜託拜託，請你試試看。」

「那麼，檢疫單給我，護照給我，我需要證明。」

她用手機把檢疫單雙面都拍了照，才把它交給艾諾。「你用手機拍一下我的護照吧。」

「你不相信我嗎？」

她一驚，在口罩後擠出在鏡頭前一貫的笑容，「當然相信你了，我只是怕，萬一路上掉了，我就回不了家了。如果他們能幫忙，要求正本，我再給你也是一樣的。」

艾諾把檢疫單摺了摺，他今天襯衫外套了件灰綠漁夫馬甲，上下左右四個深口袋，內裡還有暗袋，摺好了便放進其中一個口袋，捕蠅草的眼睛眨了眨，「你，想回家了嗎？」

「我現在最想的是，有杯咖啡，加上幾塊奶酥餅乾。」她有點誇張地作出渴望的樣子。

艾諾沒有說話。

突然間，她懂了！不知道艾諾發生了什麼事，但他現在明顯是教堂裡的老鼠般窮，難怪這麼不自在，這麼冷淡。

「你可以幫我去買些東西嗎？我需要咖啡，還有一些其他的。」她在紙上刷刷寫著，「我需要這些。」她把單子連兩百塊美金交給他。「我沒來得及換鈔票，剩下的錢，你去找朋友幫忙時也用得上，對吧？如果不夠，你告訴我。你能幫我這個忙，我真是太感謝了。」

他默默接過單子和錢，塞進口袋裡。

這是不是傷了他的自尊心？「聽著，我現在最希望的就是可以離開這裡，讓你陪著我去看大海，去小酒館，去看任何你覺得我會喜歡的地方，其他都不重要，你明白嗎？」

「我去買，這邊過去有個小鎮，你等著。」

艾諾走了。她心裡發慌。

窗外有人聲，穿制服的兩個，穿防護服的兩個，護送一群步履蹣跚的人，經過兩樓之間的空地，一二三四……她默默數著，十三個。這十三個是被釋放，還是轉送他處？每個人都戴著口罩，但沒有任何包袱或行李。她無法解讀眼前的景象，也不知道兩百美金能不能換來自由。她感到不安，這不安像白紙上的墨開始向外擴展渲染，那滴墨在艾諾說「你不相信我」時落到了紙上。

艾諾進門，一手抱一個大牛皮紙袋，一手拿的是她心心念念的咖啡。她趕緊過去接了咖啡，坐到床邊拉下口罩喝起來。溫的，她又喝了兩口，太甜。艾諾幫她加了牛奶和糖，忘了她喜歡苦咖啡。他從袋子裡拿出半打啤酒、一條吐司、一小盒雞蛋、黃油、番茄、洋芋、衛生紙、口香糖、一瓶可樂、一條餅乾……

「一起吃晚餐吧？你總不會以為我一個人吃得下這許多？」

艾諾從口袋裡掏出一把五顏六色皺巴巴的紙鈔，「我加了油。」

「哦，不不，你留著。」她把口罩戴上，試探性走上前，「晚餐，先生？」

「呃，」艾諾說，「我不能，逗留，還吃東西。」

「那你自己做一個三明治吧，櫃子裡有個平底鍋，可以煎蛋。」

艾諾讓她回到床邊繼續喝咖啡，丟過去一包餅乾，自己去洗了手，取鍋，在鍋裡化開一團黃油，敲開幾個蛋放進去，房間裡瞬間充滿了食物的香味。熱的新鮮的食物，有人替你準備的食物。她傾聽蛋在鍋裡滋滋叫著。

蛋煎好鏟出，熱鍋裡丟下四片吐司加熱，微熱的吐司抹上厚厚的魚醬，蓋上煎蛋，做了兩份三明治，其中一份裝盤，另一份放進原本裝番茄的塑料袋。

「我走了。謝謝你的晚餐！」

她塞了兩罐啤酒給他，「明天見！」忍住到了嘴邊的話：記得，記得幫我打聽一下。像艾諾這樣的男人，不喜歡人嘮叨的，既然他答應了，收下了錢，也接受了晚餐，說不定明早就會來接她出去了！

她吃了兩口三明治，魚肉出乎意料地腥。你還能期待什麼？海魚，做罐頭的次等魚。

4

隔離檢疫最後一天！

當她重獲自由走出這該死的地方，她要把它當作年度大笑話，這將會是一個多麼荒謬精彩的故事，完全逸出她的生活經驗。過去那些旅行上的波折，在某個程度上還是可預見的，很多時候有個團隊在身後提供協助，而她為了完成任務，也往往願意吃點苦，忍受一點不方便。但不是像這樣的，這是盲盒經驗，沒打開來，不知道什麼將跳出來，但終於到了開封的時刻。跳出來的是她，重生！

她近乎歡愉地想著這一切，開始能用一種嘲諷的眼光看過去這三天。艾諾如果找到人幫忙，或許待會兒就能來接她，外頭陽光那麼好，她要在沙灘上盡情奔跑，一消這幾日的煩厭之氣！她把自己梳理整齊，做了沒有魚的三明治，佐以可樂。可樂可以治她的咖啡癮。別想這裡有什麼掛耳咖啡手沖咖啡，連開水也沒有。這將是她第一件要抱怨的事。

中午，她做了黃油炒洋芋絲，番茄切片沾果醬當甜點，開了罐啤酒，在床邊看向窗外。兩棟大樓的間距很窄，貼著窗也看不到天空。她前晚開窗透氣，迎來一種身上有褐紋的蚊子。蚊子愛她，不管她去到世界哪個角落，它們在她的皮膚和血液裡發現一種無法抗拒的魔力，如果可以一直圍繞著她盡情吸吮，那就是天堂吧？

她的天堂在哪裡？

她的父親死於一個冬日。他們剛起床，母親在做歐姆蛋，她捧了杯熱咖啡，坐在房子的飄窗台上，那裡有她專屬的酒紅絲絨軟墊，窗前的四照花枝幹溼而黑，簷下一溜冰柱末端掛上一串水珠。冰雪開始融化，這是最冷的時節。春天不遠了，她這麼想時，母親高喊著父親的名字，她轉頭，父親攤坐在餐桌前，右手擰著棉睡袍的前襟，母親拚命擊打他的左後背。心肌梗塞？她們學過急救常識，但對這一刻的到來還是沒有準備。接下來一連串的行動，都在極度慌亂中進行，直到她們再也撐不住他往下滑的重量。一直到那時，她也不相信父親會走。

沒有道別，讓一切顯得不真實。有很長一段時間，說到父親時，她還是用現在式。英文語法，一個人不在了，關於他的一切就是過去式。她的母語中文不需冷心指證所愛者的生死。她沒有跟朋友說及父親的猝死，疑心是自己和母親的失職，讓父親英年早逝。

母親對她說，爸爸去天堂了，好像她還是不解事的孩子，她都在申請大學了。她有朋友，有社團，有暗戀，有夢想和未來，身體和心靈好奇地向外不斷探索。事實證明，母親比她還需要安慰，三年後再婚了。再婚後，母親變得不像母親，像個女人。大塊頭湯尼把她當寶貝般疼愛，疼出了第二度青春。父親會願意在天堂看到這一切？在他離開後，世界沒有改變，女兒繼續活得精彩，妻子繼續做個賢妻。

艾諾曾告訴她，死亡不是分離，是隔離。

「死去的人對你永遠關上門，哪怕你呼天搶地懇求，也無法進入。他的世界是無限的，神祕的，可以是任何形式，誘發任何想像，他在那個世界掌握了在世沒有的能力，讓你恐懼忌憚，引你祈祝膜拜。」艾諾用詩一樣的語言，在枕邊絮絮說著。天堂和死亡是他們最常聊的話題。

「我們的空間是有限的，生活是已知的，相對於那個世界，我們就像在一個小房間裡。死去的人比活著的人多，生前和死後，那是無限的時空，在生的時候，我們是被隔離的，直到那一天，我們安靜穿越那似乎毫無縫隙的銅牆鐵壁，我們才自由了。」他的手指輕輕滑過她的脊梁，停在尾椎那一點，躊躇著往上攀爬或往下墜落。

「我很難想像加入我的父親。」她終於開口，「我甚至可以想像我的母親加入他，我可以想像任何一個人加入，但是，我就是沒法想像自己在那裡，在那個神祕不可知的死亡行列，在那個陌生地。」

「你無法想像？」

她試著解釋，理性上，她接受人皆有死，但是，在她的世界裡，她就是那個敘述者，那個唯一的視角，她可以看到並敘述其他人的死亡，但如果作為敘述者的她死了，這個故事就轟然倒塌，片瓦不存了。

艾諾把她攬進懷裡，歎口氣，「因為你太美太健康，你在人生的巔峰。願神永遠不讓那一刻來臨，願你，永遠在隔離中。」

她聽了一整天音樂，戴耳機，偷偷摸摸。音樂聲是一種冒犯，有如在死者身旁飲酒作樂，那旋律和鼓點節奏，跟此時此地如此不搭，不是太歡快就是太溫情。

她盤腿而坐，試圖冥想靜坐，卻想起幾年前也曾來過這片印度洋海域。

她跟史提夫在峇里島度假，住在有私人泳池的獨棟洋房，池邊有兩棵盛開的雞蛋花樹。晨起，皮色黝黑滿面笑容的男孩，來為他們做早餐，之後她在池邊臥榻上讀詩，頭戴黃白色的雞蛋花，身圍沙龍，史提夫在池裡對她潑水。她丟了手中的詩集，撥開裙擺盤腿靜坐。三分鐘，五分鐘，史提夫自由式踢出的水花聲，越來越清晰，她感覺自己盤著的兩條腿開始微微發抖，張開眼睛，一朵手掌般大的雞蛋花堪堪墜落水面……史提夫，她的未婚夫。工作讓他們聚少離多，由激情轉為友情。她發電子郵信告訴過史提夫歸期，也許會有最後一分鐘的變動，她說，但我自己會叫車回家，所以你忙你的吧，回家見。

三天牢獄，身體已經鬆軟無力。每天再怎麼忙，都要在跑步機上跑半小時的，這是她引以為傲的紀律。她的朋友都是這樣的：運動，飲食清淡，聰明，有活力……她兩腿微微發抖，眼前似乎有光，是透過重重雲層發出的金光，越來越亮，穿白袍的男人站在那裡，狹長黝黑的臉，圓而亮的眼睛，對她伸出雙臂，嘴裡喃喃說著：來，天堂……

四點多，艾諾還沒有來。

她無法理解。她來這裡度假，結果被關進一個小房間隔離，說好三天內檢測結果出來，如果沒病，她相信自己沒有，她沒有一點艾諾說的症狀，雖然出現了其他的不適：頭痛、胸悶、全身無力，如果沒病就可以自由行動。三天過去了，檢測報告出來了嗎？

艾諾為什麼沒來？難道，出事了？難道他也病了？如果艾諾出事了，誰來告訴她，好了，一切都是誤會，現在你可以回到文明世界去了？她在那個世界裡聰明幹練，熟悉遊戲規則。

她起身，戴上口罩、太陽眼鏡，把所有證件和手機塞進小挎包裡，貼胸抱著，輕手輕腳開了門。

她無法證明自己的健康，如果被逮住了，她希望英文能說得通。她會告訴他們，她需要借電話跟艾諾聯絡，擔心他出事了。三天，整整三個白天和黑夜，她一個人待在那個小房間，她的生活垃圾發出臭味，各種蚊蟲越來越多。這是不人道的，她必須讓他們明白：我是個人，我沒有病，瞧你們怎麼對待我？

她懷疑除了艾諾，沒有人知道她在這裡。機場檢疫管理局，那個胖女人，整個C島，沒有人在意一個外國女人失蹤，她的訊息早淹沒在數據海洋。太荒謬了。她，故事的唯一視角和敘述者，卻是一粒塵埃。

他們有沒有槍？會不會像擊斃一頭狂犬般，一顆子彈就結束她？她去過世界其他混亂的地區，在那裡，人可以不為什麼地死去，死於動物的爪牙或人類的刀槍。

現在，她可以想像了。她可以想像自己倒在樓底那個狹長地上，那裡她看過幾隻大黑鳥在啄食，現在黑鳥啄她的眼睛，啄出兩個洞，腦殼底下，鮮血如花。或者他們不會就這樣開槍。他們會把她鎖起來，隨便鎖在某棟樓的某個房間，艾諾再也找不到她，再也沒有人送食物和水給她，她會自己完結。

她腳打著顫，一步步下到底樓，扶住污穢的灰牆，牆上刷著標語，是當地的文字。因為常在各國旅行，她手機裡有翻譯軟體，把異國文字掃進去，便能自動譯成英文。但是，沒有網路。手機就是她自衛用的手槍，只是現在沒子彈，她只能朝那個空地走去，宿命般去赴一個死亡約會。

站在這個空地，兩棟樓的夾縫，曝顯在每一扇窗後窺探的眼睛下。她踩的地上有綠草，開著小黃花，潮溼的暖風吹來，陽光赤烈曬在光裸的頸項和雙臂，撲鼻一種聞所未聞濃烈的氣味，是草葉還是消毒水？她抬頭，看到一方藍天……

一隻手攫住她手臂，另一隻手掩住她的嘴，把她往樓房底下的陰影處拖。

「警告過你，不要出門！」

她停止掙扎。艾諾緊緊攫住她，逃命似地往他們的樓奔，一進門，把她往床上甩。她一把扯掉口罩。

「為什麼昨天沒來？我的報告呢？」

「你的報告還沒有。」

「為什麼？」

「有問題。」

「你打電話去。」

「我打過了，阿拉呀巴庫達，聽著女人，如果你想要安全，想回家，聽話，不要製造麻煩。」

「我不懂，檢疫是政府的事，為什麼他們把我交給你？為什麼到了第四天還沒有結果，我明天的飛機！」

「你不是唯一受苦的人！」

「是嗎？至少你是自由人，愛上哪兒就上哪兒，愛做啥就做啥！」

「見到你第一眼，我就看透你，」艾諾指著她，手指像帶著電流，電擊她的額心，「你，你是個被寵壞的女人，你有，時髦的模樣，有學歷，有工作，有錢，我敢打賭，你一輩子吃過最大的苦，不過是兩天沒咖啡！恩那，庫克達拉密，密茲！庫巴！要這個，要那個，不肯忍耐。該死的，你不懂別人怎麼活！」艾諾大聲嚷起來。

「我們是不同世界的人，好嗎，打從一開始，你就很明白，但是你為什麼要邀我來這裡，來看你摯愛的島？你摯愛的小酒館？你的世界？為什麼想要跟我分享這一切，如果你覺得你的世界我不懂得欣賞？不要忘了，比起你那可憐的哥哥，你也是個幸運兒！」

艾諾的眼神突然變得令人恐懼，那裡似乎有冰和火在交戰，眼白慢慢充血。

他半呻吟地，夾雜著英文和土話：「伊達拉庫呀，我的兄弟……我可憐的兄弟！」

「我也許有點過分了，抱歉。」她口氣和緩了，「不過，我真不能理解，為什麼你什麼都做不了，你很可以幫我辦個電話卡、網路卡，只要跟外頭聯上線，我可以自己想辦法呀！」

艾諾不說話，他眼神裡的情緒退下去了，那裡現在是一片空白。

「艾諾，我求你了……」

「辦卡？護照給我。」

「你需要我的護照才能辦卡？」

「護照和手機，少一樣不行。」艾諾冷冷地說，「怎麼，不是要我幫忙？」

她一時語塞。說不清為什麼，但這些救命的東西不能給他。

艾諾朝她逼近，一直逼到抵住牆，他粗糙的手捏住她細長的頸脖。「兩個月前，我埋葬了我可憐的兄弟，親手埋葬他。第一天，他只是，低燒咳嗽，第七天，他又冷又硬。我希望也生病，真的，活著沒意思。你告訴我，誰比較幸運呢？」

「哦天，我很難過……」

「我沒有，讓他們帶走，他們把所有收集到的，一把火燒掉。我把他藏起來，是的，藏在一個沒有人知道的地方。」

艾諾的手指從她的頸脖往下，滑進她的胸口，他的手指有非她記憶裡的粗糙，彷彿帶著親手掘土搬石的記憶，撫摸過冷硬的死者，為他潔身更衣，那死亡的氣息就永遠留在指尖，結成倒刺厚繭。

她嚥下口水。必須跟艾諾重修舊好，他才有可能真心幫她，但另一方面身體湧現的恐懼和厭惡感，讓她想要尖叫逃離。

艾諾戴著口罩的臉跟她如此貼近，顯得非常怪異。難道人可以戴著口罩做愛？為什麼不能呢？多少人跟不愛的人做愛，心裡幻想著別人，喘氣和呻吟，都不是為了貼在身上的這個人，不也是戴著面具做愛？

她感覺這並不是她原本喜歡而現在無感的人，這個正在喘著氣撫摸她的人，根本就是個陌生人，一個粗暴的陌生人。

5

半夜，或是清晨。一個男人在嚎叫，可怖的叫聲像矛一般刺進耳朵。

她翻身坐起，掀開窗簾，天還未亮，但也不是全黑。每個窗戶都是漆黑的，但誰能不被叫醒呢？靜夜放大了哪怕只是一點點聲響，她在夜裡都輕著腳步走路，生怕別人留意到她的存在。

一扇窗猛然往上拉開，一個人頭探出來，這是那個曾在深夜裡跟她一起亮燈的人。她和他彷彿是隔離區僅有的兩個活人。這時，那人突然發出如獸的叫聲，淒厲絕望。她想到蒙克有名的畫作〈吶喊〉，黑衣人掩耳尖叫陷入極大的恐懼，但他本身就是骷髏。她把窗戶往上推開一點，再一點，直到頭可以探出去，想出聲安慰，噓，噓，好的，好的……她不知道能說什麼，但那人需要被聽到。

有一些聲響從遠而近，幾個黑影子快速靠近，消失在樓道……那房間的燈亮了，她剛來得及看到窗前那人的輪廓，下一秒鐘他已經撲跌出窗，落地一聲悶響。一個漢子探頭，往下看，然後往她的方向看。她不可能被看到，但嚇得腦裡一片空白。一會兒幾個人影到了底樓空地，開始拖動一個重物，現在，那已是不會發出任何聲音的物件了。

像泰山那樣重重倒下，如鴻毛般輕輕飄起。對自己對所愛是重，對他人只能是輕了。無論輕重，那撞擊所引起的氣流，拂過她的毛髮，在那裡依依徘徊，因為是她，給了這靈魂最後的同情。她手一鬆，窗簾落下如幕。

死亡來得那麼突然，跟那個冬日早晨一樣，當她想著春天時，父親正在呼吸著生命中最後的幾口氣。死亡原來如此靠近。有可能她就要莫名其妙死在三十四歲的盛年，在長達九個月異鄉辛苦工作後返家的途中。

她坐在床沿，佝僂如老婦。時間繼續以它灰暗的方式走著，天亮時，底樓不會有任何死亡的痕跡，也沒有人會來告訴她：快點，我們得趕飛機。

天亮了，她梳洗吃飯，避開那扇窗。試著再拿起色彩學，各種顏色都有十分文藝的名稱，同色系比中國的要灰暗，顯得含蓄內蘊，更具現代感，她想像，有著明快氣質的她，是否適合，或有機會，穿一件這樣摻灰、低調的連衣裙……她掩住嘴，避免尖叫或哭出聲來。

今天不可能登機，但看著時間一分一秒迫近，還是心跳加速，呼吸急促。最後值機的時刻，最後登機的時刻，閘門關閉，飛機滑行，收起輪子如鷹收爪，一飛沖天。走了，把她丟在了這個險惡的陌生地。

即使身處險境，還是要上廁所，而馬桶堵住了，糞水味從門縫透出。她非常緩慢地排解，生怕濺起糞水。掀蓋前，總是閉上眼睛，奇怪的是，眼睛卻總是在下一刻自動張開，看那令她作嘔的現場。

是你自己的糞尿，不是嗎？是你自己做出來的！

她聽到喑啞的女聲，冷冷地在房間裡迴盪。

你想抱怨什麼？大便小便，這是新陳代謝，如果你的身體不再有大小便，你就是死了，不是嗎？你該慶幸你還活著，想想怎麼繼續活下去！

女聲越來越高亢，聽起來像她的母親在教訓她。她小時非常頑皮，母親對她頗為嚴厲。中學時，全家移民Y地，她很快掌握了語言，適應了環境，母親越來越依賴她。幫媽媽打個電話問問這帳單……這通知寫的是什麼……說明書在這裡，你去弄……參加中學畢業典禮，媽媽緊張兮兮準備給班主任的謝辭：感謝你照顧 my children……她哼一聲：孩子們？你有幾個孩子？母親尷尬地笑著。

十五歲的她蔑視那種生活上的無能，那種文法錯誤發音不正的破英文，那種特別客氣陪笑臉的姿態。她利用母親在新世界的無能，以學校規定的，老師要求的，同學們都這樣……各種虛構的遊戲規則，恣意度過少女時代，最後她甚至不給理由，只是翻白眼聳肩，一副「說了你也不懂」的表情。

那個男人也是這樣嗎？

是或不是？

仔細回想，飛機降落C島後，一切透著怪異。或許這就是C島，沒有健全合理的防疫體制。她出發的口岸傳出疫情，被列為高度可疑的帶原者，艾諾曾是醫療系統裡的人，在疫病蔓延時被徵召，也是可能的。但是，有什麼地方透著古怪。艾諾在怕什麼呢？總是欲言又止，她有時甚至不懂他在說什麼，他的話語破碎，夾雜著土話。

艾諾是什麼顏色？

她再回去看之前的郵件。巴黎別後，逢年過節，兩人都要互相問候。九個月前她赴X地工作，艾諾知道她返鄉航線會經過C島，熱情邀約。一來一往，他們的溝通仍是那麼有默契，字裡行間的玩笑和調情，總把她逗得哈哈大笑。通信在半年前中斷了，忙於工作的她並未在意，一直到要出發前幾天確認行程，才又收到回覆，簡短但確定。再重逢的艾諾，是一個陌生人，摯愛兄弟的死亡，徹底摧毀了他。他心中想必無比自責，一直以來，他是家中的寶貝，姊妹呵護，哥哥保衛，有高學歷、好工作、女人緣……是這個悲慘家庭希望之所寄。當他在巴黎和歐洲其他地方徜徉時，他的家人在做什麼？

艾諾說她是「被寵壞的女人」，他不也是「被寵壞的男人」？是或不是？

他說檢驗報告出了問題，卻不說什麼問題，也不說該如何解決。依她習慣的邏輯思維，有問題就重做，至少先有結果出來，陰性或陽性，再談其他。讓她待在這裡，什麼意思？難道她不在C島的疑似患者數據裡，甚至不在檢疫名單數據裡，當她被帶離機場時就蒸發了？但她有入境紀錄，不是嗎？只要有人去查，總會查到她是被誰帶走，檢疫情況如何。會不會C島其實已經陷入混亂，沒有人或單位有餘暇去想到有這麼一個人？她住進這棟樓並沒有登記。

晚上十點多，她已經熄燈平躺。門開了。一個人影直接走到她床邊，濃重的酒氣，一隻粗糙的手摸她的臉。她假裝從夢裡驚醒，發出含糊不明的聲音。一顆頭顱埋進她胸口。她撫摸，那張臉上流著眼淚。

「怎麼了？」

一聲嗚咽。

她繼續撫摸，像母親撫摸孩子，低語：「你悲傷？因為……他死了？」

「他死了，就這樣死了……」

「為了他，你要振作，你說過他為你犧牲，把讀書的機會讓給你，為你打架，打得頭破血流……」

「我的兄弟！老天怎麼把他帶走了！」

「你要為他好好活下去。」

他的頭往她胸衣裡蹭，含住她的乳頭，彷彿求索安慰的乳汁。

她溫柔地推開，坐起。

「不要開燈！」

「不開燈。」她說，「我了解你很難過，我也覺得要發瘋了，我可以陪著你，去海邊或什麼地方透透氣？散個步，也許？我們都需要。」

他沒說好或不好，只是再次把她壓在床上。

男人離開後，她躺在床上，撫摸著自己的裸身。她已經不在乎這床鋪床單是否潔淨，臭蟲是否蠢蠢欲動。這不是星級酒店，她自嘲，我也不在度假。幾天下來，她的胯骨更加突出了。他還是不曾愛撫她的骨頭，對她扮死的作愛方式，似乎不甚滿意。

6

第六天。

只餘一片不新鮮的麵包，她抹上厚厚一層果醬，慢慢一口一口吃完，桌上的屑也用指頭沾起吃淨，然後挖出果醬直接送進嘴裡，直到那味道讓她作嘔。擰開水龍頭，喝了點顏色可疑的生水，肚子發出抗議的咕嚕聲。

為了工作，她常在Y地和X地兩邊跑，手機有雙卡，來C島沒開通國際漫遊。天天跟艾諾在一起，短短五天四夜，機場也有無線網路……這些想法沒錯，但是一切錯得太離譜。史提夫開始找尋她了嗎？有沒有可能發現她中途在C島停留？

她曾到過X地西南一個山村，拍攝當地少數民族的服飾。她記得在一個賣烤餅的小攤前，看到一個裙子長褲胡亂披掛一身的女乞丐，她買了塊烤餅遞過去，女乞丐用奇異的眼神看了她一眼，一把攫過，很快走到路邊坐下來大嚼。

賣餅的人告訴她，這不是乞丐，是某某的女人，自從嫁到他們這裡，精神就漸漸不正常了，養了兩個娃兒，不照顧，成天往外面跑，胡言亂語嚷著，也不知道說的是哪個地方的話。

她家裡人知道嗎？她問。

賣餅不再說話了，低頭專心烤餅。

地陪告訴她，這八成是拐賣來的媳婦。她不懂，地陪解釋給她聽，這裡山險水惡，男人娶不上媳婦，有人販子就拐了年輕女人賣進山。像你這樣，長得一張X地人的臉，卻不懂這裡的事，在大城裡沒問題，到了其他地方就容易出事。不拐你拐誰，你跟誰求救？話都說不通。

她落入了陷阱？

如果，她繼續扮演那個來自異鄉的情人，天真任性毫無機心，是否能脫離險境？重要的是，不要激怒他。她像在雲端開會時那般思考。要逃出去，千萬要冷靜。

當他終於開門進來時，她卻撲了上去，像個瘋子搥打他的胸膛，嘴裡說我好餓好餓，他的口罩被抓掉一個耳掛，露出半張臉。

「拿去！」男人連忙塞過來一個紙袋。她趕緊打開，就像那個拿到烤餅的瘋女人。幾個綠色小果子，帶著綠葉，可能是樹上摘的，一包吐司，跟上回一樣的那種魚罐頭，還有一把長嘴壺。

「你燒水喝吧，瓶裝水是觀光客喝的，夷達古那呀。」她注意到他今天比較放鬆。

她裝了半壺水，放到爐上。打開吐司，艾諾自動去開罐頭。

「這是什麼果？」

「伊庫。有點酸，酸酸甜甜。」

她把伊庫洗了切片，跟魚肉一起夾在吐司裡，魚的腥味淡了，再來一杯開水，她的肩頭鬆了。

男人一直看著她。

「想去海邊？」

她眼睛一亮，「可以嗎可以嗎？」像個小女生那樣發嗲。

「他們說，報告還要幾天，你還不能自由。十四天，十四天觀察。」

「十四天?!」

「你的機票，過期了？」

「昨天就過期了。」她喝一口水，「沒有機票，我回不了家。」

「再買一張？」

「我沒有帶那麼多錢。」

「信用卡？」

「你知道現在那些發卡銀行多小心，出境旅行，要先通知他們，否則卡刷不過。」

「你沒有通知？」

她當然通知了發卡銀行，這是度假，要花錢。

「沒有，我想我有機票，還有一點現金，你不是告訴我，這裡物價很便宜，而且你說……」她住嘴。你說我們有彼此就足夠了。

男人沒有追問，說起別的，「那個小酒館，我出了點錢，但是，我兄弟是老闆，他負責一切，你知道的，進貨，買賣，招人，清潔，所有事。」

「那個海邊的小酒館？」

「關門了，自從這該死的傳染病，顧客不見了。」他搖頭。「所有一切，都那麼……」

「沒有希望？」
「沒有希望，沒有意義，不知道該死的明天要做什麼！」
「那我們就活在今天。」她微笑，「走吧，去酒館，裡頭還有喝的嗎？」
「都拿得差不多了吧？不知道，也許後面壁櫃……」
「我們去吧！你不是領導嗎？警衛會聽你的。」
「誰告訴你我是領導？」男人瞇起眼睛，食指扣著桌面，「我告訴你我是誰，是他們拜託的，生病太多，醫院沒有，醫生和護士沒有，死人，越來越多，拜託退休的，沒有執照的，拉馬凱凱魯也好，都好，都需要。所以，我來了，他們讓我協助檢疫。」
他搖頭，雙手抱胸，「我們這裡，從來沒有這種，他們說，這是大陸病毒，是外面的人帶進來的。」
她低頭喝開水，狀似不經意，「所以，你幫忙送人來這裡檢疫，也負責，送沒病的人出去？」
「有病，留下，沒病，出去。有病，身體好的，扛一扛，慢慢好了，病得嚴重，醫院醫生沒有，送另一個地方。」
「另一個地方？」
「昨天才送一批，十來個。專車接，全部消毒，穿防護衣。人少了，很多房間空著。」

她再也吃不下。這裡沒有醫療資源，竟是拚運氣、等死的地方？她沒有量體溫，也沒人查。

「你還想知道什麼？」男人說，那口氣裡有種得意，像在耍弄一隻小動物。

「我想知道，」她深呼吸，「我們能去海邊的小酒館嗎？」

「好吧，天黑以後。」

她不知道他說的話哪些是真，哪些是假。她早就把所有卡證都拍了照片，電腦裡也存一份。把錢分幾處放：皮夾、口袋、床墊下和書頁間，證件和信用卡藏在休閒鞋的鞋墊下。小挎包裡頭塞了皮夾、手機和護照。護照的體積實在太大。她寬慰自己，只要他還戴著口罩，這些東西一時還不會被拿走，或摧毀。

在一個連人民生命都顧不上的地方，在一個體制混亂貧富差距這麼大的地方，她不能信賴有什麼機構會單憑她說的話，著手替她重辦證件，除非她能證明自己是誰，這是死胡同。她甚至說不清故事裡男主角是誰。拿不出必要的證件，他們可能乾脆把她關起來。在他們眼中，她就像個說胡話的瘋子。

她肚腹隱隱作痛。也許那個庫伊什麼的果子太酸，也許她喝的生水在作怪。也許，她真的生病了。她去廁所，皺著眉頭出來。男人一直盯著她。也許在她去洗手間時，曾飛快翻過她的東西？這個房間一覽無遺，沒有藏匿的地方。

「怎麼了？」

「哦，馬桶堵住了。」

「我看看。」

她想阻止，讓別人看到那惡臭和污穢，太羞恥。但是，她又的確需要有人幫忙。這是多麼小的事！她那麼能幹，高壓的跨國項目應付自如，在各地飛來飛去，但是她沒法應付通馬桶這樣的小事。所有生活上這些瑣事，都交給別人去做。她精通中英法三種語言，世界新奇美好的一切，就像自助餐羅列於前，任其取用。但她無法處理這種小事，無法不被這些小事干擾。她就像流落在外的公主，為了二十層鴨絨被和床墊下的一粒豌豆輾轉難眠。

男人脫掉身上的馬甲，取了湯鍋和掃把，進廁所去了。那裡傳來一些異聲。掃把柄莽撞地探入、攪動，水無力地呻吟打旋……

機會稍縱即逝。她的心跳得很急，手顫抖……

只聽得嘩一聲，馬桶強力吸物往下轟轟作響。她坐到了窗邊，克制內心的激動。

「好了？」她問來人。

「好了。」他看看她，「你流血了？」

「哦，來月經了。」她說，「可以幫我買衛生棉？」

「呃，」男人顯得有點窘。

「還有雞蛋，我總是吃雞蛋補充鐵質。」她把錢放桌上。

「過來。」他讓她坐在自己腿上，隔衣撫摸她的胸乳，她沒有抗拒，也沒有反應。他半閉著眼睛，臉上的口罩被氣息吹動著，很髒了。她可以一把抓掉那口罩，但那便是揭掉最後一層保護罩。粗糙的手探進去抓住她，這是偏愛肉的一隻手。她也閉上眼睛。

天黑，她挎著那個包，他們悄悄下樓。走往停車處路上，因為慌張，她踉蹌了一下，他及時抓住她的手臂。沒有人查問，他們就像隱形人般走過崗哨，上車。車子調頭駛上一條小路，四周一片漆黑，沒有路燈，所見只有車燈範圍裡的一小塊，蟲蛾撲上撲下。這樣開了十五分鐘或更久，路變成雙向道。

呼吸到帶鹹腥味的風，氣味有幾分像她疊成長條形吸取經血的紙。泛黃白磁上的紅色血水。男人充滿血絲泛黃的眼白。她把車窗整個搖下，風吹得頭髮四散飛揚。他扭開收音機，是一首她熟悉的流行歌曲，歌手泰勒．斯威夫特曾來Y地她的城市開過演唱會。她隨著音樂節奏輕輕點頭。

告訴我你是否途經太陽，你是否進入銀河，望見所有光芒都黯淡，而天堂不如預期。你是否愛上一顆流星，一顆沒有永久傷痕的流星，你是否想念我，當你在那裡找尋自己……

艾諾。眼淚靜靜滑過臉龐，她繼續點頭。

車子開進一個小鎮，車速放慢，她近乎貪婪看著。廊前亮著燈光的餐館，有個老頭在廊上抽菸，脫下的口罩塞在前胸口袋。英文招牌寫著禮物店的小店，飄著黃色旗幟，上面畫一個黑色野豬頭，面目猙獰仿真。再往前，更多的黃旗插在店前，有的是可愛無害的卡通豬頭，旗上寫著歡迎，接受信用卡美金。有雜貨店，牆上英文寫著啤酒和咖啡。一個黝黑瘦削的男孩，地上攤塊布，擺幾件玩具，木刻野豬頭、吹泡泡機、發光會走的小狗。許多店關著門，有燈火的也只有顧客三三兩兩，有人戴口罩，有人不戴，口罩上印著可愛的小野豬。

「這野豬是？」

「畢達魯！我們的保護神，勇敢的戰士。」他說，車子繼續朝前開，一個大轉彎，突然停下。

「到了。」

她下車，順著他的指向，看到一個臨海坡崖上，被海風吹彎了腰的林樹掩映一間小屋。他緊緊抓住她的手臂，疾步向上，一直到小屋前才鬆開。

門應聲而開，一股酸臭味。他把門敞開著，讓新鮮空氣進來。裡頭一個木製吧台，後面是空空如也的玻璃酒櫃，只餘幾個酒杯垂掛，有幾張粗重的方桌和椅子，兩張桌子併在一起，上頭有塊毯子。他睡覺的地方？有時睡在這兒，在廁所裡洗浴，在小鎮吃飯，去該去的地方掙錢，然後去找她？

「就是這兒啦！」他兩手一攤，「過去幾年，這裡就是家，我們的家！我們付出所有，該死的疫病一來，房租沒有，存貨拿走，朋友討債，然後，我的兄弟倒了大霉，什麼都沒有了。」

從那排髒玻璃窗看出去，不遠處即是沙灘，坐在這裡可以看到海景，有夕陽，也許。喝醉了，踉蹌在沙灘上走，踢沙，倒地，看著天上的星月。艾諾曾在這沙灘上拍了一張照片。今晚有月亮嗎？

他突然拉起她的手，「走！」

「不！」她雙腳踩煞車，還是被男人強力拽著到酒館後，走進林子裡，地上高高低低，樹根和石頭，地很鬆軟，空氣中有腐爛味，天空掛著的是鐮刀似的冷弦月。

「不要！」

男人把她拽到一棵大樹下。細小如針的葉，粗糲的樹幹，看不出是什麼樹，也許是她知道的，屬於她過去的世界，也許是不知道的，屬於之後的世界。夜鳥長啼，什麼蟲叩叩唧唧地叫，蜘蛛絲沾上她的臉。男人把她拉到大樹後，那裡有斜坡，隱隱約約有個陷落的池穴。

「不，不！」

她的掙扎和尖叫，引發一陣鼓噪。達達達達達達達，像機關槍掃射，一排排子彈連發，又像塑膠片撞擊，派對上那種假手，不費事就可以拍出很響的掌聲。

「打開你的手電筒！」

她哆嗦著從挎包裡摸出手機，打開手電，朝腳前照去。剎那間，無數隻蛙鼓著眼睛看她，牠們疊羅漢似地一個伏在一個身上，密密麻麻，腐爛樹葉般紅褐色斑斑點點的皮，黑色勾畫的眼和鼻線，兩眼之間一點狡獪的白，鼓起的大眼睛反射她手電的光，水淋淋黃亮亮，白肚腹膨脹收縮一起一落，達達達達達，連續振動的鳴音，是控訴、申冤，還是審判？每一隻都長得一模一樣，同樣的姿勢，同樣冰冷的凝視，分得很開的泡泡眼，黑色的眼瞳。人骨禮拜堂裡，層層疊起的白骨，兩個眼洞看向遲早也要成為白骨的參觀者。她頭皮發麻，手一滑，手機落入了蛙谷。

蛙谷裡一陣騷動，上百隻蛙同時跳起，張開後腳半透明的蹼，在半空中交叉如空中飛人，落下後，重新布陣疊坐。兀自亮著的手電筒，照得幾隻蛙的肚腹透明。似乎厭惡這光，牠們自動向後推擠，讓出了足夠的空間，讓她心愛的、賴以生存的手機，緩緩沉沒。

「哦！」她終於喊了出聲，軟癱在他的懷裡。

他拖著她往後，離開這塊溼地，這個隱藏不可見危險的林地，往小酒館去。

他讓她坐椅上，自己坐桌上，像過堂審訊。

「你喜歡嗎？」

她茫然抬頭。

「你喜歡C島嗎？你喜歡這個小酒館嗎？你喜歡……我嗎？」

她張張嘴，卻沒能發出任何聲音。

他慢慢把口罩取下，先右邊，再左邊，對摺，塞進褲袋。「我不知道該怎麼辦。」他一字一句慢慢說，「我鎖了店門，拉下窗簾，坐在他身邊，不知道多久，一天？兩天？他發臭了，我起來，喝掉最後一瓶紅酒，然後，埋葬他。」

「就在那個水塘。我用被單繩子緊緊綑好，在他頭頂心抹上香油，慢慢推下去。他滑得很慢，我擔心卡住，得再拉出來。」

「海蛙唱送葬曲，唱破了肚皮。我沒有告訴任何人，包括我的姊妹，每次的消息都是災難，災難，你懂嗎？伊諾馬卡畢多，這個家是被詛咒的，你知道嗎？」

「你怎麼可能知道？」他笑了，打架時被打歪的鼻梁扭曲著，一顆門牙崩掉一半。「我想知道，艾諾的女朋友什麼樣？我想跟他一樣，看著你，跟你做愛。你是他最後的，碎片。」

「你呢，你是另外一個，碎片？」

「他們打電話找艾諾，我想，為什麼我不能是他？我本來可以是。如果知道他會早死，我就去讀書，我就去看世界，我就自己當上等人，跟像你這樣的女人做愛。你剛才把手機給他，這樣很好……你想逃，對嗎？」

她深呼吸，「你可以頂替他，你可以試著去過他的生活，但是，我不屬於這裡！」

「密茲！庫巴！你被寵壞了，以為世界繞著你轉，以為你就該，擁有一切！」

「也許你說得對，我被寵壞了。」她舔舔乾焦的嘴唇，「我沒有手機，跟外界的溝通已經斷絕，我也沒有該有的檢疫文件。現在，我只希望能吃點東西，喝杯咖啡，還有，我需要衛生棉，我感覺到鮮血正在一陣一陣湧出，褲子可能都弄髒了。你不需要這樣對待我，我可以再陪你幾天，十四天，或更久。」

「你會乖乖待在我身邊？」

「拿去，」她把不離身的挎包放桌上，「你替我保管，我的護照皮夾子，都在裡頭了。我沒有想耍花樣，看在艾諾的份上，我願意多待幾天。」

他從挎包取出皮夾子和護照，分別塞進馬甲的兩個口袋。然後他掏出暗袋裡的一張紙，在她眼前晃晃，「這是你的檢測報告，你不需要它了。」他把報告撕成碎片，隨手一撒，把那個空挎包掛在她肘彎，「戴上口罩吧！」

他帶她去一家小超市，讓她自己拿衛生棉和雞蛋。

「我們是不是要買點菜和米？」他像個先生那樣問著。

她擠出一絲笑容，「讓我看看他們有什麼。」她走到冰櫃，隨意拿了幾包冷凍食品，他拿了袋米，半打啤酒。她想想，又去拿了一包抽紙，肥皂和一管牙膏。他很滿意地像個一家之主那樣付了錢。

他帶她到一家小餐館，裡頭沒有其他客人。店主舉著體溫槍，像要槍斃他們似地對準他們的額頭。他點了兩客米飯，淋著椰漿咖哩雞肉，津津有味大口吃著，似乎很滿意這樣的熱菜熱飯。

「我需要去洗手間。」她從紙袋裡拿出衛生棉。

他嚥下嘴裡的肉塊，「去吧。」

她往後走，看到這家店沒有後門。進廁所，一邊處理生理問題，一邊到處張望，廁所連窗都沒有。是不是去懇求他，求他放她回家？他似乎有點喜歡她，也許不會傷害她。但也許他只是在等待時機，把她綑綁，在夜裡滑進水塘，跟艾諾作伴。

她走出去，直直走向他們的桌子，他的晚餐已經吃光。她坐下，歎了口氣。

「你不喜歡這裡的食物？」

「不是，我不舒服，我想要一杯熱咖啡，暖暖我的肚腹。」

他轉頭用土話跟櫃台後的老闆說了幾句。

「要現煮的，不要奶不要糖，特大杯！」她強調。每個人都能說點英文，艾諾說的，不是嗎？

「是的，女士。」老闆笑咪咪地說。

在咖咖送來之前，她勉強自己從盤裡撿出隨便什麼食物塞進嘴裡。他研究著她，手指敲著桌子，叩、叩、叩……突然高聲對老闆說：「咖啡外帶，結賬。」

咖啡和賬單一起送上桌，咖啡裝在白色的塑膠杯，蓋著蓋子，杯外一圈防燙的瓦楞紙。他掏出她的皮夾子，檢視裡頭的鈔票，而她打開杯蓋，撲鼻騰騰的咖啡熱氣。

「哦，哦，慈悲的大神畢達魯啊！」

尖叫聲是老闆發出的，餐廳裡只有他們這桌客人，沒有引起太多騷動，侍者是否從廚房跑出來，她沒注意。她把整杯咖啡朝男人臉上潑去後，便狂奔出店，往有許多明亮的燈火處跑，往插著野豬旗幟的地方跑，這都是做觀光客生意的地方，她祈禱那裡有賣手機的，或是有地方可以暫時躲避。

從大馬路拐進一條小路，她停止奔跑，以免引人注意。幾天不走路，雙腳虛弱無力，她逼自己快走，並維持鎮定的神色。不知道那杯咖啡，以及店家，加起來能控制他多久。這裡是他的地盤，但他也是失蹤人口了，破產，欠債，頂替，造假。他有可能急著去逃亡，也有可能正地毯式地搜索她。

她在夜色裡亂走，不知該回到熱鬧的燈光區，或是在住宅區躲起來。就在這時，她看到一棟兩層的小樓，花圃間一盞盞昏黃地燈直通大門，一面迎風招展的野豬旗。是旅館嗎？她的腳步隨著地燈來到門前，門上掛著牌子，寫著「遊客中心」。

「哈囉？」

「晚安，我可以為您做什麼？」

今天當班的是庫瑪。再一刻鐘，遊客中心就要關門了，廚房準備的三明治和果汁還有大半沒有賣出去。這是第九個進門的客人。他們說疫情已經消退，但是小鎮的遊客回流得很慢。

庫瑪測量女遊客的體溫，耐心聽這個驚魂卜定的女人訴說她的歷險，那其中包含了一對兄弟，奇怪的蛙，天堂和死亡，但她很快抓到重點：Y地人，來此觀光，遺失手機和護照，有信用卡駕照和一點美金，還有手機記憶卡，裡頭有護照和防疫檢測報告的圖檔。需要出租車服務，需要一個安全乾淨的旅館，離機場近一點的……

女遊客一頭臉的汗，氣喘噓噓，講話急促語音高亢，顯得十分激動。庫瑪溫柔詢問著是否報警，以便尋回手機和護照，遺失記錄也能在重辦證件時派上用場。

女遊客截斷她：「不不，我沒有時間，我很急，要趕快離開。」

「您有駕照是嗎？Y地的？」

女遊客脫下鞋，從鞋墊下取出駕照遞給庫瑪。

經驗老到的庫瑪神情自然，彷彿沒看到它是從哪裡取出的。她打印駕照存檔，告訴女遊客現在就安排車子去旅館，在宜布城，那裡很熱鬧，有許多著名的景點，有各種商店，相信可以買到手機，時間有點晚了，動作得快點……拿起電話用土話飛快說著什麼。

女遊客把駕照捏在掌心，在遊客中心裡踱來踱去，心神不寧。

庫瑪不時抬眼察看，懷疑女遊客沒說實話。是跟情人吵架吧，急於離開，行李沒帶，護照和手機也沒拿。C島的男人，酒後是很荒唐的，他們很容易喜歡上漂亮的外國女人……她的男人也是風流成性，一個多月來音訊全無，手機怎麼也打不通。

一輛車子停在院子前，撳了一聲喇叭，女遊客露出驚惶的神色。庫瑪心想，這會不會是逃避家暴的女人呢？

「女士，您的車來了，我已經訂好旅館，司機會帶您過去，直接付他美金就可以。有我們的介紹，您可以先入住，然後補齊證件。等買到手機，打電話詢問如何掛失補辦護照。」

庫瑪給了她一張寫了電話號碼的紙條，還有一個紙袋，裡頭有三明治和果汁，「拿去吧，願畢達魯大神保祐您。」女遊客收下，喃喃道謝，轉身要走，庫瑪又把她叫住。「這個，」她遞過來一個口罩，「您需要這個。」

女遊客戴上口罩，上面印著小野豬，現在她看起來跟其他遊客沒什麼兩樣。

但是，一切都不一樣了。

當她坐上計程車，當她到達陌生的宜布城，當她打開旅館的房間，她時刻感到魅影重重，危機四伏。她會再三檢查門鎖，查看桌上擺著的記憶卡信用卡駕照紙條名片和錢，想著多麼僥倖，在男人通馬桶時，她拍下了檢測報告，並立即取出記憶卡。她會開著燈，不敢睡去，怕自己在夢裡醒來，還在那個發臭的囚牢裡，天花板和四面牆上森森的白骨，幽深的眼洞俯視她，就像蛙群盯住她，等著她失足，成為它們的一分子。

如果她安然返鄉，她會拒絕談論這段經歷，如同避免提及父親猝死的那個早晨，但她會逐漸克服旅行的恐懼，不再糾結她跟那人之間的善與惡，所犯下和可能犯下的罪。她又開始喝咖啡，談吐還是那麼機敏，甚至更辛辣，噩夢逐日變少到幾乎沒有。只是在某些偶然的瞬間，在句子的一半，拉開客廳窗簾，坐下來脫鞋，打開皮包掏錢付賬，把燒湯的火關小，夜晚關上房門，或是任何事情的開始、中間和結束，她會有突然的停頓，幾乎難以察覺的停頓。那個時間的間隙，來自陌生地的回音，將會伴隨她永遠。

來去曼陀羅

1

柳雲生找了個有空位的桌子，坐下來，把號碼牌放桌邊。對面是個老太，稀疏的灰髮剪成齊耳，一邊掖在耳後，一邊垂下來，只要她一湊近調羹，就幾乎要沾到裡頭的湯和小餛飩。好吃嗎？他想問，出於一種善意的搭訕，察覺自己也有好幾天沒有跟誰真的說上什麼話。老太一直垂著眼睛，專注地吃著，餛飩送進嘴裡抿呀抿的，沒有咀嚼。

他的小籠上桌了，服務員掀開蒸籠，取走號碼牌。小籠並未如他所期待的冒出騰騰熱氣，不燙嘴的小籠湯包，怎麼會好吃呢？老太這時抬頭，看了一眼小籠。他覺得老太一定了解他的心情。這附近的早餐店一家家關門遷走，租金漲了或是整理市容，他覺得像是送走了多年的好友。這家早餐店也顯現了幾分要結束的意思。

吃過早飯，柳雲生在附近街道走一圈，這是多年的習慣了。天氣不好時，他就在客廳裡伸手彎腰動一動，也只能這樣保健了。什麼都不怕，就怕生病。想到生病，立刻覺得孤絕，缺少幫忙的人。

弟弟一家是所餘不多的親人，但是分房產時鬧得不愉快，平時少來往，過節時兩家一起在酒店裡吃飯，他請客。有時也要在紅白喜事上碰面，紅的少，白的多。一方面年紀大了，熱鬧喜慶的地方嫌吵，而跟親人老領導和老朋友告別的最後機會不好錯過，也算演練揣想一下自己躺在那裡的情景。他沒有生養。別人攜家帶眷，彼此參考經驗相互競爭，他袖手旁觀。但是他也不輕鬆，半輩子陪著江敏，一個在瘋狂邊緣掙扎的伴侶，這種經驗耗盡了他的心力。上帝是公平的。他記起讀過的一些英文書，裡頭總是說到上帝，而中國人說的是命。

大門口有三個信箱，底樓、二樓和三樓，一樓一戶。以前還有奶箱，每天早晨有專人送鮮奶，後來改買超市裡冰凍的牛奶，倒在杯裡，在微波爐裡轉轉。信箱也不是天天開，報紙停訂了，且不說報社關門的關門，手機裡一天二十四小時有各種即時資訊，誰還看報？他是留戀報紙的，跟留戀紙質書一樣，即使報上讀不到想知道的。街角本來有一個閱報欄，他經過時會瞄上幾眼，現在也不見了。也沒人寫信，信箱裡總是空的，或是被塞進廣告。這封從太平洋彼端來的信，素白藍紅條邊的航空信封，不知何時就已經躺在信箱裡。

柳雲生等老伴躺在床上安靜下來，循樓梯上到曬台。天氣好的時候，他喜歡上曬台來看看大上海。醫院、學校、大小馬路和新舊里弄，市景一直在變化，老房子一區區一批批拆掉，時新的大樓平地而起。上海三年一變，把對城市有深情記憶的老人，不留情地拋在腦後。

他在落著都市塵埃的籐椅坐下，不急著打開手中的信箋。七十歲是一個坎。古人說人生七十古來稀，或說人生七十才開始。都有理，依他的體驗加點注解：七十後身強體健耳聰目明的人少了，從此開啟老人的生涯。他六十歲退休時還精神旺健，看書旅遊，雖然老伴的精神毛病時好時壞，他請了鐘點工保母，給自己爭取了一點自由的時光。

他這輩子一直是勉力頂風而行，近三十歲時才終於回到上海，回到親人身邊。這樣一個連上海戶口都沒有的上海人，幸而遇見了紡織廠裡的模範工人江敏，靠著她單位的幫忙，才把戶口檔案遷回。吃了千辛萬苦，他骨子裡還是文人，一回到上海，又拿起筆。白天在廠房裡跟機器打交道，晚上讀英文寫文章，有一天突然被調到了出版社。

從美國德州寄來的信，不用拆也知道是誰。喬紅芝，他總是喊她小喬。不分男女，年輕的都是姓前加個小，顯示年輕，資淺或親密，但他樂於喊她小喬，是暗暗把她跟三國裡那個美人相比。「遙想公瑾當年，小喬初嫁了，雄姿英發。羽扇綸巾，談笑間，檣櫓灰飛煙滅。」小喬的美，襯托出周瑜睥睨群雄的盛年。

喬紅芝經熟人介紹來跟他學英語，她活潑嬌俏，笑意盈盈，一高興起來，從那牛乳般白的皮膚下透出紅暈，夏日露出的渾圓雙臂和結實的小腿，曬了太陽也是白裡透紅。她坐在他那堆滿書籍雜物的家，眼睛裡的光和那瑩瑩的膚色，把斗室照亮了。

當時，江敏的精神狀態已經時好時壞，一犯病就無法工作。原本也是為了生存才走到一起，興趣愛好沒有一點相合。江敏是居家過日子的女人，沒發病時裡裡外外井井有條，能把一個銅錢掰成兩半過日子，螺螄殼裡做道場，她有這股精明煙火氣，讓他可以躲在身後看書寫字。

小喬不一樣。她是聰明的，但也是做著夢的。他曾經被迫離開家鄉十多年，深知這輩子絕不想再離開，世上沒有哪個角落像上海這樣貼心適意。苟全於亂世，不求聞達於諸侯，他夾著尾巴做人，只求世界任他安靜看自己的書。但是，他不能不愛慕一個有夢的生命，她沛然的生命力，那麼美，那麼任性，振翅待飛的狀態讓她整個人都是浮動的，不安的，充滿了危險。從這隻即將遠飛之鳥的身上，他預見一個不同世代的到來。

當他在她面前，維持著臉上淡然的微笑、捲舌鬆唇吐出英語時，他暗自嘲笑自己可憐自己。他是不是個偽君子？不，經歷過長時間的心靈禁錮和思想箝制後，他歡喜自己的心還是活的。他看著她，就像從暗室走到太陽底下，光線刺激得眼睛都要睜不開。美，讓人嚮往，就像書裡描繪的那一個個高貴的肖像，那些遠大的理想、劍及履及的行動力和純潔的心靈。當現實經由江敏的尖叫呻吟再度襲來，他合上書本，盡自己的義務。經年累月，有時他懷疑自己的腦子是不是也生毛病了，他需要有桃花源：書本，小喬，現在是這個曬台。

他撫摸著籐椅扶手，那裡因常年的手澤而呈暗茶色。每當他因為一段文字、一段記憶而心潮起伏時，他那爬滿青筋、褐斑密生的手，顫抖地來回撫摩這扶手，那熟悉的手感有一種讓他回到現實的力量。關於這把險些被投擲到火堆裡的籐椅，他有故事可以講，就像關於臥室裡的兩張單人床，一張床上堆著的書和長抱枕，另一張床上的女人和藥品……都有很多故事可以講。

過往歷史燒成灰，灰燼被穿堂風颳到半空中，一朵朵冥界的花，悠悠蕩蕩，落地前便四散碎裂。那年頭，這裡那裡常會升起一個火盆，擲進各種寶貝，火越燒越旺，映著盆邊一對對布滿血絲恐懼的眼珠子。過去的事想起來便手足冰冷，太陽穴青筋一跳一跳。但現在大家不談這些了，悔恨或仇痛，不談了。故事，只能是遙遠過去的事，遙遠得事不關己，雲淡風輕。

小喬離去後，他一度常想起，不知她在新世界裡過得如何。他從中年往老年走，她從青年走向中年。時間慢慢把她的影像淡化，像單位裡接收的傳真，不多時字跡便模糊了，有些小心收著的文書，幾年後皆成白紙。此情可待成追憶，只是當時已惘然！新時代的誕生陣痛連連，他在時代的浪潮裡起落，只能隨波逐流。但是當她的聲音在電話那一頭響起，他立刻又記起，小喬，三國裡的美人，當年和姊姊大喬同為戰俘，嫁作人婦為人母，之後守寡，家道中落。

就在小喬出現前後，親眷街坊老同學們，有人開始收到對岸寄來寫著繁體字的信，近半世紀的別後故事，這裡和那裡的，快速如電般在信裡交換傾訴和懺悔，每行字都載滿了淚水和歎息。在某一天的早晨，這樣的一封信也被慎重地交到了母親手中，寫信人是柳台生，他聞所未聞同父異母的弟弟，比他小了十歲。

父親還活著，在台灣曾任職於航空公司！結婚了，有一子二女！兩岸開放探親，柳台生要陪著父親回上海……那真是一段五味雜陳的日子。

見面時，父親柳儒奕講著一口帶有寧波口音的老上海話，他原是小時候跟著父母兄姊從寧波到上海討生活的。他的那一大家子人都不在了，只餘一個變樣的妻，兩個陌生的兒子。他不是哭泣就是發愣，眼睛充血發直，人處在極度興奮和失落的半瘋狂狀態，以致於兩個月後回到台灣，一病不起。柳雲生作為長子，為了逃到台灣的父親吃了不少苦頭，姆媽心中更是不甘，而父親的台灣太太，拒絕承認上海這個家，因為當年父親自稱單身未娶。這些不甘和恨意有如地雷，一不當心便引爆出控訴和怨尤。於是，後來的溝通都經由柳台生。

柳台生出生於小康家庭，成長於經濟起飛中的台灣，未經苦難故心腸柔軟。當時台胞身分享有特殊照顧，他出於同情和補償心理，挺身為他們解決住房問題，幾經交涉，柳家的老房子優先落實政策，還給了他們。當時還不能買賣房產，柳台生以台胞身分用美金在古北置了一套公寓，一平方米八千元的天價，大家都看不懂這生意經，唯獨柳雲生心裡一動，因為小喬跟他說起過這古北新區。

古北區塊是農田荒地，市政府圈出一塊地，準備平地起高樓，對象是外僑和外國人。這種做法上海人不陌生，早在租界時期，法國英國日本等都在上海圈地蓋房。洋人和富商走了，留下他們華美的洋樓接受時代的淘洗，各種居民的入住，風雨和運動，洋樓傾頹壞毀仍屹立不倒，直到翻身的時機來臨。後來的上海人和外地人，遂可以對著它們感歎，拍照留念。房子是最好的歷史見證，因為更好的歷史見證是會死亡的，當他們未死之時，不見得有機會開口。

預設需求，創造需求，上海很多房子是這樣建起來的。後來證明柳台生押對了寶，古北新區供不應求，漲了十倍不止。不過，上海各地房價都漲了數倍，柳雲生這套舊房子位於舊時法租界，「上隻角」地段，不單是上海人歡喜，那些懂經、有文化的外地人和外國人也都歡喜，豈是沒有歷史的新古北可以比擬。

柳雲生的思緒遠兜遠轉，終於回到了現在，回到手中這封信。他撕開封口，小心翼翼展開裡頭的信箋，那是一封電腦打印出來的英文信：親愛的布魯斯，這是封遲到三十年的信，我不知道該從何說起。我很難尋到合適的語言，沒有相應的語言，這些感覺就沒有了著落。讓我先說這個吧，人生能有幾個三十年，真高興再見到你……

2

「小喬，小喬，你醒著嗎？」

「嗯。」

「做夢了嗎？」

「你發痴嗎？」

「怎麼了？」

「你知道我不做夢，你也不做，你知道得清清楚楚，我們不做夢了。」

「哎，我只是想跟你講講話，這裡就阿拉兩家頭。」

「有什麼可講的。那封信，那麼短，我怎麼從美國回來跟你見了面，怎麼又回去了，一句不提。我只知道，我是個很有吸引力的女人，如果你的回憶沒錯。要當個女人，就要當個有吸引力的女人，三十年後還能讓人牢牢記著，對吧？但是，你才是主角。」

「什麼主角，我這個上海老頭，懷舊得一塌糊塗，被時代拋在了腦後，不像你，在美國住了這麼多年，你還跟我學過英文呢，現在我可不好意思跟你講英文了。」

「不要客氣，這是你的舞台。老婆，台灣的爸爸和弟弟，這是一家子呢，你有曬台，那些書，那把籐椅，有很多故事，我什麼都沒有，就是你的回憶，一封開了頭的信。」

「幸好有這回憶，要不我們怎麼能重逢？此情可待成追憶，只是當時已惘然……」

「調個頻道吧，已經到了惘然的時候，還念念不忘做啥？自從我們重逢，你顛來倒去就是這幾句。」

「能怪我嗎？這些就是key words，必須被反覆咀嚼。」

「你讀了一輩子的書，難道不能從讀過的書裡，得到一點跟女人聊天的靈感？」

「你想聊什麼？聊美國？」

「聊聊古北吧。」

「古北？」

「是啊，我當年跟你提過古北新區的開發，你台灣的弟弟用美金在那裡買了公寓，他可真是第一個吃螃蟹的人。」

「古北，外國人住的地方，我從來沒去過。大上海，上海大，我的生活圈就在這一塊。」

「三十年，那裡也成老區了吧。我都飛去了德州，你竟然不搭個地鐵公交去那裡瞧瞧。」

「有什麼好瞧的，我對這個世界沒什麼好奇心了，只有對你……」

「你那時，有沒有想過要親親我抱抱我？你老婆總在生病，在房間裡躺著。」

「小喬，你，你真的變成美國人了，問這種問題，也不害臊？」

「是個男人都會想的吧？」

「我……」

「如果你是男主角，我希望你不要那麼退縮。上海男人就是這樣，總要我們主動。」

「你當年那麼任性那麼美，如果你給我發發翎子，說不定我會鼓起勇氣？」

「是嗎？老婆怎麼辦？我馬上要出國了。」

「當年可能不敢，現在就難說了。我有什麼好怕的？兩手空空，只有風燭殘年。你讀過川端康成的〈睡美人〉嗎？我現在能理解那種渴望，想碰觸年輕的肉體，就像乾渴的魚想要回到水裡去。」

「沒讀過，不過，在青春的肉體前，我們只能自慚形穢吧？被太陽曝曬後的魚乾，回到水裡還能活嗎？」

「你心情不太好是吧？」

「謝謝你終於注意到了。我心情怎麼好得起來，懸而未決，我的過去和未來一片迷霧。」

「你要耐心點，我相信再等一段時間，就有眉目了。」

「看來你已過七十，我說不定五十好幾，都過了最好的時候了，還等？」

「不管你幾歲，在我眼裡都是『任是無情亦動人』。女人的美不在五官、皮膚、身材，不是一樣樣分開去看，是整體，整體的感覺適意，那就是個讓人心動的女人。」

「我還是比較想知道我的一生。自從那個雷電交加的晚上，我作為喬紅芝醒了過來，你跟你的世界就在我眼前。我不知道該怎麼活成喬紅芝，因為我只在你的記憶裡，還有一封開了頭的信。」

「這不是你的問題，我有同樣的困惑。但是以我讀書的經驗來看，我們是活在這個故事裡，這不過是故事的一個章節，之前和之後，也許會有別的文字書寫了我們想要知道的事，讓我們的人生得以完整。等著吧！除了等待，我們又能做什麼？」

3

一家商鋪的玻璃門被推開，走出一個年輕男子，白色短袖上衣貼在身上，顯出勻稱的胸肌和臂肌，腿的比例很長。他往馬路這邊走過來，步伐大且快，抬頭挺胸，模樣敏捷，有種說不出的蓬勃帥氣。這人過了馬路，直奔她所在的地方。

便利店的自動門打開又闔上，喬紅芝毫不掩飾地盯住來人。只見他臉龐瘦削，頭髮兩邊剃得只餘青皮，頂部頭髮溼漉漉顯得特別黑，不知是髮油還是汗水。他到店後的冷飲櫃去，一會兒拿了兩個海苔飯糰和一罐冰紅茶過來結賬。她側身盯著他的背影，脊背挺直，而且臀部挺翹。這是最吸引她的男性部位。挺翹結實有彈性，那是無堅不摧的馬達，從臀部到大腿那段圓弧線，相當於女人胸口的半圓。

「哀額，儂哀個飯糰拉阿里搭諾額？」喬紅芝的滬語吐音慵懶。

「哦，那邊。」男人有明顯的閩南口音，一筆勾消他外表給人的都會時髦感，就像個鄰家的大男孩。

「好吃嗎？」喬紅芝改用普通話追問。

「呃，還不錯。」男人遲疑了一下，往店門走。

「前面那家店是什麼？你剛剛走出來的那裡。」

「哦，是我們的舞蹈房，曼陀羅，教國標拉丁，有興趣歡迎過來參觀。」男人有一雙清俊的單眼皮，鴨蛋青的眼白，帶著討好的微笑，似乎很習慣跟阿姨輩打交道。

喬紅芝綻開笑容，「好啊，過去看看叫。」

曼陀羅舞蹈房有兩層，一樓是前台、更衣室、浴室廁所，還有休息區，擺了沙發座，有免費的茶水咖啡餅乾糖果。室內裝潢得明亮摩登，牆面上半刷成粉藕色，下半是水青色，掛了幾幀放大的彩色表演照，盛裝的男女舞者被凝結在某個充滿動感的時刻，彷彿可以聽到背景裡觀眾的吹哨和歡呼。

「雷蒙老師，小課學生到了！」前台小姐說，「在Ｂ教室。」

喚作「雷蒙」的男人把她交給了前台小姐，三步併兩步上樓去。這時有幾個女人下樓來，嘻嘻哈哈，肩背大包，手上拿著太陽眼鏡和水壺，各種細紋斑點的臉龐，此刻汗津津紅潤潤。雷蒙笑瞇瞇地側身讓路，她們親熱地拍他的肩，塗著五顏六色甲膠的手指點在他胸上。學員們在前台簽字，查問著什麼，送外賣的推門進來，前台的電話響了，背景是樓上隱隱傳來節奏分明的樂聲……

在一片熱鬧中，喬紅芝想起當年。自己設計舞衣，讓妹妹幫忙裁剪縫製，模仿電影裡外國女明星的模樣，把頭髮梳起來，無師自通做出蓬蓬裙，偷偷參加朋友家裡的舞會。到了美國後，卻從未跳過舞。她本來是個最活潑愛玩的女孩，心性高傲，腦子活絡，卻像個蝴蝶標本被牢牢釘在了一個人口三千的小鎮。她頭腦清楚，做事認真，但沒有一個人，包括她的先生和兒子，知道她曾經是一個什麼樣的人。她個性張揚的那部分，最有喬紅芝魅力的那部分，被異鄉生活完全掩埋了。

上海人出國的越來越多，她在鄰近的大城哈根醫院遇見他們。她是那家醫院的營養師，根據病人身體的特殊需求、宗教上的禁忌、不同族裔的口味，調配病人飲食。回教徒不吃豬肉，印度人想要米飯，猶太人忌食貝類和蝦，哦，他們不吃的東西太多了，她有專書參考，還特別請教了一位猶太教士，他跟她解釋了整整三個小時，因為不僅是動植物海鮮等有分類和食用部位的講究，還講究處理的方式，有沒有教士祝福等。誰讓美國的猶太人勇於捍衛權利不好「淘漿糊」呢？如果來了華裔病人，她總會抽時間去探看，有幾回遇上了上海人，一說上海話，就像多年失散的親人。在美國廣袤的南方，前不見古人，後不見來者，兩個老鄉立刻聯手結黨，對峙的另一邊是醫院裡的醫生護士技工，是醫院外的世界，甚至是完全不知道她過去的朋友和家人。

她的人生分裂成兩條線。就像地鐵離開市中心就從地底鑽出地表，她在人生的某一刻，進入另一個完全不一樣的世界，從氣候到語言到食物到生活所有一切，在那個點，新的她成形了，叫做艾蓮娜喬，後來叫艾蓮娜布來克。斷裂了，但是藕斷絲連。在夢裡，她走在綠蔭如傘的梧桐樹下，新裁的裙子拂著腿窩，新買的中跟包頭鞋叩叩敲地，一頭柔順的黑髮披肩，繫一條自己縫的髮帶。黃昏了，雄蟬還在聲嘶力竭地叫，那叫聲形成一層膜，包住了她，她走在碧綠生青的梧桐樹下，騎車掠過的年輕男女都忍不住回頭。當她的第二段人生往前走時，她的前段人生隱入夢裡，嘈嘈切切說著家鄉話。

跟約翰第一次見面是在哈根醫院中庭，她在做營養師實習，他因為肥胖症求醫，需要減掉五十磅。他比她大了十歲，禿頭肥胖，但是一天到晚樂呵呵的，在寂寞到想哭的時候，她靠著他就像靠著軟沙發，不知不覺中陷進去。約翰高中畢業後就在各種地方打工，一直到三十多歲跟她在一起，薪資不高，甚至青黃不接。等她考出了營養師執照，她成了「掙麵包的人」。約翰可以一輩子租房，但她是中國人，中國人成家怎能不買房？何況有自己的花園洋房，本來就是她的美國夢。房貸成了重負，有了孩子後更是捉襟見肘，約翰習慣用信用卡支付，她為那高利息十分煩憂。四萬多的年薪，繳了稅和房貸後，存不下什麼錢。兒子讀大學申請了學生貸款，離家後跟他們的關係就跟朋友一般，彼此客客氣氣，什麼探問都是觸犯隱私。找工作時索性跑到外州，少聯絡，也不給家裡錢。她慶幸當初沒有生老二，但有時又覺得後悔，也許老二會跟她親？生養就跟人生所有重大抉擇一樣，不知對錯，只能認命。美國的日子就這樣過下去，一切勉強應付，沒有餘裕讓她衣錦返鄉。想到要回上海，她那好面子的脾性復蘇了，說什麼也不能坍台，妹妹一家都以為她在美國享福呢。

約翰一走，她便計畫回上海看看。準備工作整整做了一年，商品大打折的節日，感恩節後，聖誕節後，換季和商場週年慶，她逛了又逛，仔細比較，採買打折後的名牌包、圍巾手套、化妝品，給自己置幾套新衣新鞋。那些衣服鞋子全是中國製，這幾年來商場裡全是中國製的天下，價格中檔，並不便宜。她還能選什麼？美國製？法國德國義大利製？她在鏡前轉來轉去，腹肥腰圓，大腿肥肉顫抖，兩臂蝴蝶袖，再昂貴的衣服也不好看了。

這些她精心採辦的禮物，回到了上海卻不靈光。聯繫上的幾個老友，只要還能來見面的，日子都過得挺愜意，見了面大著嗓門說呀笑呀，個個語速比她快，精神比她足。她記得當年大家都土得掉渣，現在個個服色豔麗，帶她去的餐廳豪華氣派，清一色外地口音的侍者彬彬有禮，上桌的菜品一道比一道奇巧，或乾冰裊裊冒煙，或捏塑各種山水動物，入口是陌生的繁複滋味，甜還是甜，多了鮮辣和其他。她住的白鴿鎮，朋友聚會多在家裡，各備一道拿手菜，最常去的餐館也是家庭式的，炸雞薯條漢堡烤魚，蒸煮得糊爛的蔬菜，餐後甜得嚇人的蘋果派，跟苦咖啡一起下肚，直接了當不多文飾。她從來沒機會去什麼有情調的地方燭光晚餐。上海的講究和海派，在美食上展現得淋漓盡至，人卻沒記憶裡那種情意綿綿優雅細致，連講的上海話都兩樣了。

喬紅芝三十年的美國生活，幾句話交代完，朋友也不多問。從美國回來的人見多了，而且有人的孩子也在美國，掙錢不多，繳的稅嚇死人，看個病要提早幾個禮拜幾個月預約，去哪裡都要開車，荒涼得很。「國外的生活就是沒勁，哪有上海好白相？」她們也知道所謂的「天下事」，而且口徑一致。不去煩惱自家以外的事，煩惱也沒用。當年一起讀小說看電影的文青，退休後，帶帶孫兒，吃點好的喝點好的四處白相相，放聲大笑時是那麼理所當然。生活這樣就已足夠，如果想再多，想再深，就是自尋煩惱了。

喬紅芝在沙發上坐下來，她乏了，不知道該往哪裡走去。這裡，古北新區，是當年的那片工地，法國人黑夏告訴她，世界將會不一樣，可是她那時只看到幾個大土坑，蚊子惡狠，透過衣衫把口器刺入她的皮膚。

她想到那天跟柳老師的匆匆一會。出國前，她跟柳老師學了幾年英語，很聊得來。柳老師沒有喝過洋墨水，但是能讀原文書，拉得一手好提琴，在報上發表文章。當時他特別鼓勵她出國，她答應會把在美國看到的種種寫信告訴他。到了美國，她在隨時要沒頂的生活大浪下奮力泅泳，等到上岸可以喘息了，卻又不知從何說起。

打聽他的手機號頗費一番周折，他在電話裡聽說是她，也不吃驚。「柳老師還記得我？」她忍不住問。

「記得啊，小喬嘛！」

柳老師住在烏魯木齊北路的新式里弄裡，底樓和二樓都租了出去，只有一個保母天天來燒飯打掃衛生。她撳開門鈴，舉步上樓，兩樓的樓梯轉角處架了爐灶和料理檯，一鍋排骨湯潽涕潽涕地響。聽到腳步聲，一個男人開門，瞧一眼她，瞧一眼湯。這生活的模樣，竟是多年未改。

師母人不舒服，在房裡休息，師母一直是病弱的，家事都是柳老師一手操辦。客廳裡到處是書，也是舊時模樣。柳老師瘦了駝了，嗓子變得尖細，帶著氣音，但還是有那股紳士風範，因為要見客，穿著襯衫長褲，灰白的頭髮梳得一絲不亂，從厚厚的眼鏡後看著她的眼神，有她熟悉的笑意。那笑意是一種調侃，調侃自己調侃別人。生活的真相就是這樣，你還想說什麼？

「我變了很多吧？」來的路上，她有點擔心破壞了在柳老師心中的印象，當年可是綺年玉貌。

柳老師笑，「還是小喬嘛！」

這不可能是真，但柳老師看她的眼神，還跟當年一樣。回來三個多禮拜，她第一次感到一種回到家的寧靜。有那麼多人，在三十年後見面不相識，她跟柳老師卻還如當年般含笑對坐。說有什麼多深的情誼，卻也沒有，只是相處起來特別輕鬆自在，有種不需多言的默契和信任。

三十年前，喬紅芝來辭行，他們吃著她帶來的紅寶石奶油小方，就著柳老師朋友從杭州捎來的龍井新茶。綠茶配西式糕點並不是那麼合適，濃郁的奶油只有苦澀的咖啡最配，他們啜飲著淡寡的茶湯，不知如何安撫入口時那微小的不滿足。那時上海剛開放，咖啡文化即將全面捲土重來。一八四八年開埠後，上海港牽制長江流域腹地，扼住大半中國貿易的咽喉，遠東第一商埠可不是浪得的虛名，各國商船開到了黃埔江碼頭，西方文化隨著這些商賈買辦和他們的家眷，逐漸浸染到上海人的骨子裡。曾經驗過的留在記憶，不曾親歷過的萌於聽聞，於是人人都時刻準備好西風東漸的洗禮。當久違的咖啡香襲來，他們再度熱情擁抱洋文化，有如與老友重逢。上海今日面貌，比喬紅芝親見的美國南方更要繁華先進，那裡是土地廣袤的鄉鎮曠野，而上海是國際大都會了。

「當年走得那麼決絕，現在問自己，這個決定正確嗎？這輩子就這樣過去了……」這些話，她沒有跟妹妹說，沒有跟老友說，打算帶回白鴿鎮帶進她的墳墓，卻一張口就告訴了他。她殷切看著柳老師，彷彿他能為她的人生抉擇作定論：值得還是不值得？「格算不格算」，這種根深柢固的思維模式，即使出國多年，也不曾改變。

柳老師從褲袋裡掏出一方手帕，按按額角，說：「上海現在多少浮躁啊，阿拉經過的這些年頭，就像坐過山車，現在看著是好，以後啥人曉得？反正我文章不寫了。」

喬紅芝想追問，柳老師朝她搖搖手，把切開的杏花樓玫瑰豆沙月餅往她那裡推推，示意她多吃點，「月餅美國有嗎？」

4

「原來我會做夢，思鄉夢，你還會拉小提琴，柳老師真是有腔調……哈囉？你怎麼一聲不響？這故事進來都一整天了，就沒聽你說句話。」

「你先講講。」

「就像把燈點起，突然看到周圍的一切，那些沒有點燈的地方原本是漆黑的，舉燈照過去出現了朦朧的影子，那些影子有點熟悉……我有了歲月沉澱後的滄桑感。」

「我的感覺是像拼圖，一塊塊拼起來，拼得多了，還沒拼好的圖塊，在殘缺裡也可以猜到一點。」

「所以，我去了古北，走進一個舞蹈教室。」

「遇到一個大帥哥。」

「你喜歡年輕女孩的青春，我也喜歡年輕男孩的青春，睡美人，睡美男。」

「這話很大膽。」

「很誠實。我們現在沒必要說假話吧？」

「套話假話空話，說了就像風吹過，沒人當真。說真話反而緊張，因為動了真情。」

「回來探親，我好像找不到一個可以真心說話的人，大家欲言又止，言不及義。」

「你說真話，沒有心理障礙吧？」

「你是說？」

「說真話，不容易啊，心裡真正的感覺，很難說出口，就像有人勒住我的喉嚨，我拚命嚥口水，還是，還是，咳……」

「這裡沒有別人，你想說什麼都可以，也不需要壓低聲音。」

「也不好大聲嚷嚷吧，房子隔音很推板的。」

「我在想，如果時光可以倒流，我到底要不要出去呢？看來我在國外過得並不舒坦，出國這些年，國內倒好起來了。」

「It was meant to be.」

「中國人就是相信命中注定，美國人說要創造命運。」

「你知道 Frost 那首詩？The Road Not Taken？」

「知道，兒子中學讀的時候，我也跟著讀了。人生到底是自己的抉擇，還是早就決定了？」

「是上天決定的吧，或者說，在很多時候，是上面替我決定的……但這些我都不去想了，我只想，明天那家早餐店是不是還開門？如果開的話，那小籠是不是可以熱騰騰地上桌？」

「哈哈，有時我們能想的就是這一點點生活日常，一點點可憐的心願，但連這些也都不是我們能掌控的。不過，你有沒有發現，第一段故事裡，我從德州給你寫了信，信上說，真高興再見到你。第二段故事裡，我已經見過你，但人在古北，進了一間舞蹈教室。」
「所以，第二段發生在第一段之前？你很用心嘛！」
「自己的故事，能不搞清爽伊？裡頭還出現了一個法國男人黑夏。」
「黑夏，應該是理查士的法語發音。」
「你還懂法語？」
「一點皮毛，英文書裡常會遇到法文。」
「年輕的時候，我曾跟著黑夏來到古北工地，三十年後，我在那裡遇見雷蒙小鮮肉。」
「我以為你的品味會更好點。」
「這不是我的錯，故事裡就是這樣安排的。啊，我想快點知道後事如何，就像演員想拿到劇本，讀讀台詞，揣摩一下。」
「你還問我誰決定了我們的人生，這不是老清爽嗎？我們活在故事裡，作者決定我們的人生。」
「我其實比較好奇的，還是古北。」
「古北？」
「為什麼我返鄉探親，不在朝思暮想的法租界梧桐樹下走，不去逛淮海路南京東路，要去古北呢？那不是我們老底子上海人的區。」

「你不關心在何處養老，不關心，嗯，也許我們之間能擦出點火花，卻關心這個？」

5

「柳老師？」

「做啥？」

「你在做啥？」

「我能做啥？沒有新任務交下來呀！」

「我們等了多久了？」

「兩個禮拜總歸有吧？」

「不止，我看三個禮拜都有了。老長辰光！你說寫個故事要多久？你不也常寫東西？」

「兩樣的，我又不寫小說。編故事嘛，估計挺快的，如果除了故事還想寄託點什麼，還要講究結構語言，那就難說了。」

「你說這個作者，是個什麼樣的人？男的女的，老的年輕的？我真怕Ta不好好寫下去。」

「咳，咳……」

「哪能啦？」

「嗯，咳，不好意思，兩位是柳雲生先生和喬紅芝女士嗎？」

「啊？」

「我不是故意偷聽你們說話的。」

「你是誰？柳老師說的沒錯，隔牆有耳！」

「喬女士，你不記得我了？」

「唔，你……你的影像開始浮現了，你，你不是那個……」

「你們兩個認識？」

「柳老師，他是雷蒙啊，古北那個舞蹈老師！」

「是我沒錯！柳老師，我們其實也見過的，幾年前，我剛從廈門到上海，在動車上，您就坐在我對面，我這個英文名字Raymond，也是您幫我取的呀！」

「有這事，我怎麼一點也不記得了？」

「這對您是件小事，但是我雷朋從此就變成雷蒙了，只是孩子們都叫我檸檬老師。」

「雷蒙，你怎麼會出現在這裡？」

「我出現在這裡，跟兩位是同樣的情況，只不過，柳老師您是老底子上海人，喬女士是歸國華僑，我呢，他們都說我是新上海人。」

「啊，雷蒙老師，真開心你可以加入我們！我還以為這世界只有我跟柳老師呢。」

「我能夠聽見你們說話，因為我跟兩位都有一面之緣，怎麼說呢，我們在故事裡有一種聯繫，如果不是這樣，我就沒法聽見你們在說什麼，也不知道你們的故事。」

「照你這樣說，跟我們有過這種聯繫的人，都有可能會突然開口跟我們說話嗎？但是為什麼我的愛人、我的弟弟沒有跳出來呢？」

「這要看情形。據我所知，如果這個角色的戲分多，也就是能量夠大，他就有可能加入談話。」

「可是我們對你不過是驚鴻一瞥。你的戲分多嗎？」

「這個故事有四個主角，兩男兩女，我是其中之一。」

「哦，還有一個女的是誰呢？」

「鈺，她是書店的老闆，她的鈺書房就開在我的舞蹈房斜對面。她是台灣人，留學紐約，在那裡愛上了一個來自巴黎的華裔青年，後來這個人意外死亡，她回到故鄉台灣，大概十年前吧，跟著一個台商到了古北。」

「太複雜了，這個世界。」

「這個世界的確是越來越複雜，人們離開家鄉，跑來跑去，像我，從廈門的一個小地方，來到了大上海，換了一個英文名字，喬女士去了德州，鈺去了紐約，那個巴黎的華裔青年是學建築的，名叫黑夏，祖父祖母都是溫州移民，他工作的建築開發公司是當年古北的開發公司之一，他因為通中文而得到來上海的機會，三十年前就是他告訴喬女士，古北新區的遠景，不，應該說是上海成為國際大都會的遠景。」

「等等，你說，鈺的情人是……黑夏？他，死了？天啊！跟年輕的我有過交會的黑夏，他，是怎麼死的？」

「說來話長，他的死亡是一個禁忌，一個謎，這個謎底連我也不知曉。你知道，整個故事還沒有完成。嗯，至於我，我這部分的故事是高潮迭起的，我是個極具天分的舞者，因為忠於自己，在大都會裡傷痕累累，而我跟鈺的相遇，更是……」

「雷蒙啊，不好意思打斷你，為什麼你可以看到我們的故事，而我們看不到你的呢？還有，你在動車上遇見我，為什麼我不知道呢？」

「是啊，我跟那個巴黎來的青年黑夏，我們那一段又寫在哪裡呢？」

「你說話呀！為什麼不響呢？」

「不是我不想說，而是，唉，這事太可怕了，你們不會想知道的，我，我都忍不住發抖……」

「請你坦白告訴我們吧，只要是真話，沒有什麼不能接受的。」

「是這樣的，我和鈺的故事，是先被寫出來的，我們是主線，放在文件檔一，在電腦桌面上，你們文件檔二的隔壁。」

「所以，你們是男主女主，我和柳老師是男副女副囉？」

「這麼說也沒錯，但是在故事沒有寫完前，都有可能會更動的，甚至是……」

「等等，你怎麼能從你的文檔，跑到我們這裡來呢？請你教教我們。我覺得，別人的文檔算是一種『遠方』，對吧，柳老師？」

「這點我也好奇，雖然我沒有那麼強烈的欲望想去遠方，倒是想認識一下女主角鈺，她是個什麼樣的人，我們有可能跟她說話嗎？」

「把她叫來嘛，我們現在三缺一。我想柳老師會很想認識一個年輕貌美的台灣女人，她們講話很嗲的。」

「小喬，不要瞎講，我想認識她，不過是想進一步了解我們所處的這個世界。」

「我也想見見她，為什麼她能當女主呢？她跟黑夏是什麼關係？」

「咳，真，真是抱歉，恐怕要讓兩位失望了。鈺，她不能來。」

「這是為什麼呢？你看，我們好久沒有新的進展了，不能前進，無法後退，被卡在了此時此刻，如果見到鈺，看到你們的故事，相信我們的世界就會流動起來，會更完整。」

「是這樣的，鈺，她已經，不在了……」

「年輕人，你在講什麼啊？你是說，她死了？」

「你講話別那麼彆嘛，沒聽到他都哽咽了嗎？雷蒙，你慢慢說，到底發生了什麼事？」

「是這樣的，鈺，我的鈺，唉，她是個氣質優雅，鬱鬱寡歡，單純而善良的女人。她不年輕了，二十來歲認識黑夏，年紀跟喬女士差不多……」

「你就喊我喬姊吧！」

「喬姊。鈺很安靜，不怎麼說話，總是坐在書店一個特定的角落，看書作筆記。自從我見過她以後，就一直找藉口去那家書店，你們知道的，我只會跳舞，從來不看書，為了接近她，我買了好多書。對了，請問你們對姊弟戀的看法是……」

「這個就先不說了吧，快告訴我，她怎麼死了呢？」

「沒有死，她只是，只是被刪除了。」

「被刪除？」

「被保令達刪除了。我們這個故事的標題是〈來去曼陀羅〉，在標題下面寫了保令達三個字，這應該就是我們的創造者，我們的主人。主人在第二章，差不多四萬字時，發現整個故事出了問題，決定改變寫法。那陣子我和鈺簡直是痛不欲生，因為我們的過去現在和未來一直在改變，每一天都發現自己做了不一樣的事，說了不一樣的話，非常錯亂。鈺有自己的靈魂和想法，不樂意聽從主人的命令，我因為愛她，也就跟著她一起不聽指揮了，這樣就三番兩次激怒了主人。可怕的那天終於來到，主人把我們的故事全部刪除，只留下寫作時的大綱，然後把這個大綱丟進你們這個文件夾。」

「……」

「依附著大綱，我和鈺就像兩條鬼魂一般，既不活著，也沒有死。鈺受不了了，她說她本來就不屬於這個故事，多少年來，她一直試圖融入，但是她心裡真正愛的人是黑夏，現在黑夏沒有了——他主要存在她的回憶裡，能量比較低，一刪除就灰灰煙滅，哦不，灰飛煙滅。鈺說她不願意再待在這個故事裡了，她不願意！之後，就沒消息了，我幾次試著召喚她，都沒有回音，我想，她已經，不存在了。」

「……」

「但是我沒有放棄，我不能放棄，離開家鄉到上海的那天，我就決心不計任何代價一定要出人頭地，我要堅持下去，看主人什麼時候會再想起我……你們還好吧？真抱歉破壞了你們的心情，也許你們寧願被蒙在鼓裡，好過擔心未來？」

「不要緊，是我們說要聽真話的。小喬，你還好吧？」

「我……真是想不到啊，生活總是充滿驚奇。」

「兩位對未來有什麼想法嗎？」

「我反正一把年紀了，一輩子差不多這樣了，保令達也沒法給我一個更有意思的人生，對吧？這個時候能跟小喬再相見，我已經很滿足了。」

「我現在腦子裡很亂。你的出現很突然，展現給我未來的可能性，但是又把未來整個打亂，如果不說是把未來取消！也許，像我們這樣的，本來就沒有未來。我們在這裡，感知到彼此的存在，我們說這說那，自由交談，於是誤以為自己有了生命……」

「曉得莊周夢蝶嗎？莊子夢見自己是一隻蝴蝶，飛來飛去很逍遙，醒來後他問，是我夢見蝴蝶，還是蝴蝶夢見我？是故事裡的柳雲生夢見了故事外的我，還是我夢見了他？或者說，我們其實是保令達的夢？」

「柳老師，您把我搞糊塗了。」

「不睬他，柳老師就是喜歡掉書袋。雷蒙，你們被，呃，刪除，是怎麼一種情況？」

「就跟醒來差不多，突然間眼前一道強烈的白光，全身劇烈地顫抖，像通了電一樣。我和鈺很清楚知道自己『完蛋』了，然後我們被拋擲到空中，魂飛魄散！」

「這個保令達是什麼樣的？你見過嗎？」

「噓，我們還是不要背後談論主人吧，我相信Ta刪除我們，有絕對正當的理由。Ta創造了，就有權刪除，所有的限制和要求，都是為了一個更好的故事。」

「啊，雷蒙，你還真聽話。」

「小喬，咳，雷蒙說得不錯，主人畢竟是主人。」

「可是，既然保令達握有我們的生殺大權，我們如果能多了解Ta一點，不就能對未來有多一點把握？」

「柳老師，喬姊，雖然我見不到主人，當然，我也看不見兩位，但是，我常感到主人就在我的身邊，俯視著我。」

「有數了，年輕人，很感謝你跟我們分享你所知道的，但願主人很快就再想起你，也想起我們。如果這個故事沒寫完，不能出版，就沒有人知道我們，我們也就不存在，小喬你說是嗎？」

「我們的存在必須要有人知曉才成立嗎？」

「我讀書少，不過，如果沒有別人的認可，怎麼算是真的活過？我八歲學國標，十歲開始拿獎，選上了國家隊，這些成績證明了我的存在，一個舞者。」

「你的舞肯定跳得很棒，看你的身材就知道了，但是那些獎能告訴我們，雷蒙或雷朋，是個什麼樣的人嗎？你的情感你的夢想你的恐懼？我思故我在，或者說，我感故我在，存不存在，還是在自身吧。柳老師你說呢？」

「醒來的時間長了，感覺和想法也多了。剛才雷蒙說在動車上見過我，我現在覺得是真的看過他，鄉里鄉氣的，哈哈！我們還是讓雷蒙說說他的故事吧，這是拼圖裡重要的一塊……雷蒙？」

「雷蒙?!他走了嗎？怎麼說走就走，是不是我說話得罪他了？」

「我剛才一直想提醒你，我們跟他不熟，講話還是要當心點，萬一他去跟保令達打小報告……」

「啊呀，柳老師，你是一朝被蛇咬，十年怕草繩。」

「人心隔肚皮嘛！現在又剩我們兩個人了，真想聽他說說鈺，說說黑夏。」

「你們想知道什麼呢？」

「啊？」

「嚇到你們了？我是鈺。」

「鈺？你在？」

「我在。我的誕生不由我，死亡也由不得我，除非保令達把我從大綱裡刪掉，我只能在這裡徘徊。」

「雷蒙以為你消失了？」

「現在是他消失了，真的離開了。就在剛才，大綱裡沒有他了，看來保令達準備要全面改寫。也好，雷蒙黏得我很煩，他明知道我已經心有所屬。」

「唉，這麼一個認真向上的年輕人，剛剛還在這裡談笑風生，現在卻……」

「是的，來來去去，本來就由不得我們，就像我的黑夏，他也是突然間就消失了。」
「是一九九〇年前後吧，我遇見了會說一點中文的他，那時的我對海外的一切非常嚮往，他就像一個窗口，深深吸引了我。」
「你想起來了？」
「不知為什麼，我察覺了更多細節，更多隱藏在字裡行間的故事，它一直在繁殖在增生，或者這只是我的附會想像？」
「我了解喬小姐這種感覺。就像一個好演員以劇本為本，去構建角色的背景，每句台詞後面的情感和意涵，你不但在演，還在創造。」
「鈺，你肯定比我們更了解整個故事，也比我們更入戲，為什麼你能這麼淡定？雷蒙說你不想留在這個故事裡，除了這裡，你還有什麼地方可去？」
「我也是慢慢發現自己越來越立體，從紙娃娃變成一個有自己想法的鈺。我對黑夏的愛歷久彌新，他的消失，是我永遠無法彌合的傷口，我總是在想，他為什麼會消失？他到上海後，一直給我寫信的，他不能回去，約好了我飛過來，我有預感，他會跟我求婚。誰知道……」
「發生了什麼事？」
「我到上海的那天，他失蹤了，兩天後，他們在工地的大坑裡找到他。坑裡積滿了水，我的黑夏泡在水裡……我堅信他是被人謀害的，但是上上下下所有人都說那是一起意外。」

「鈺，我可以這樣喊你嗎？那個年代，這樣的事情是無法追查的。許多真相隨著受害者埋進了地底下，過了這麼多年，犯罪的人也不在了，年輕的一代，誰也沒有興趣去了解過去，或是，他們以為這些事都過去了，何必死抓著不放。Move on，現在是新世紀。」

「心理醫師也告訴我，我應該要 move on，但是過去的三十年，我被它的陰影圍繞。黑夏渾身滴著水看著我，他的眼神很悲傷，漏斗形的白色曼陀羅，從他的腦部胸腔腹部和大腿倒掛出來，那是一朵朵仙界或冥界的靈花……」

「啊，曼陀羅我曉得的，是在，對了，是在廈門，我去那裡參加一個筆會，在哪個景點遠遠看到，花嘛長得像喇叭花，密密倒掛在樹上，人家告訴我曼陀羅有毒，是製造蒙汗藥的原料。」

「真花我沒見過，但是我們醫院的一個印度醫生，他的辦公室裡掛著一幅曼陀羅的掛毯，他說了什麼，嗯，曼陀羅是修道人的道場，是一切因緣際會的所在，大概是這個意思。」

「他說得沒錯，我在靈修的書裡和畫冊上，看到過許多曼陀羅的圖案，它也是密宗修行的一種法門。」

「那麼，你後來有找到關於黑夏之死的線索嗎？」

「沒有人願意跟我談，也許因為我是個外人，從外面來的，不明白箇中禁忌和敏感之處，跟我說了有什麼用，我能為黑夏申冤嗎？到現在，他的父母也都走了，再沒有人會在意一個年輕人為什麼客死他鄉。黑夏的死，只能是我個人的悲劇……」

「我曉得了，曼陀羅！」

「曼陀羅？」

「我們就在曼陀羅裡，不是嗎？這是一個道場，眾生聚集的修行之地，每個人有他的功課，每個人也都是彼此的功課。」

「柳老師這個想法挺有意思。哦，忘了說，我曾經是柳台生的私人助理，他投資上海房地產有成，後來投資平面藝術和畫廊，介紹台灣香港的畫家和作品來大陸展出。當年，我來上海幫他拓展業務，後來，我就開了這家書店。我們是老朋友了。」

「台生？好久沒有他消息，沒想到他在上海還有生意？」

「上海、成都和廣州，這三個地方都有，但是這幾年景況不如以前了，他現在是半退休狀態，沒有人可以接手，只能轉手或結束。這是很多台商的煩惱，台灣那邊的子女沒有人有興趣接班。」

「哦。」

「我聽他說過，當年他把古北的公寓給了二哥，老房子歸您，費了不少力氣，但是吃力不討好，因為台灣和這邊的親人都不開心。這麼多年，他想過問候您們，但生意也忙，就……」

「我曉得我曉得。你幫我帶個話給他吧，說我這個大哥很想再見見他。」

「柳老師，我的故事都被刪掉了，台生自然也不存在了，請您見諒。」

「這樣啊……唉，你的故事被刪掉，你一點都不難過嗎？」

「我不難過。當黑夏莫名其妙消失時，我覺得這個創造者太恣意妄為，完全不顧及我們的感受。我每天在鈺書房的一角坐著，看書，寫一些感悟，可惜那個本子也沒有了，沒辦法跟你們分享。讀了那麼多心理學和宗教靈修的書，我領悟人應該像天上的雲般活著，隨便風吹到哪兒就哪兒，不執著，不留戀。我又覺得人生不過是坐上一列火車，不管誰跟你同車廂，誰先上後下，要做的就是觀照，觀看車上的人和車外的風景，體察內心的感受，等自己的站一到，也就下車了……這樣我才慢慢把黑夏放下了，慢慢把這世界看淡了。」

「天上的雲？這麼輕鬆……啊！好強的光！」

「小喬！」

「柳老師！」

「兩位鎮定點吧，會發生的就會發生，保令達又在工作了，誰也不知道Ta想做什麼。」

「天啊，我們要消失了嗎？」

「兩位，再見了，我……下車……」

……

「呼！沒事了，好像沒事了。柳老師，你還好吧？」

「我還好，只是頭有點暈。」

「鈺，鈺？你在嗎？」

「看來，她也走了。」

「我們是不是快消失了？如果消失了，是從此不存在，還是換個模樣存在？是不是像我去了美國後，活成另一個人，說不一樣的話，做不一樣的事？去了美國後，我竟然從來沒跳過舞，從來沒有，我以前多麼歡喜跳舞！我的蓬蓬裙多少漂亮！我後悔了，柳老師，我太傻了，雷蒙在的時候，應該讓他帶我跳一支舞，什麼都不必說也不必問。」

「唉，這個我外行，看不到摸不著，也能一起跳舞嗎？」

「完結了，天搖地動，這光照得我眼前一片雪白，之前，它是一片漆黑。光明或黑暗，到底是啥意思呢？」

「別怕，別怕……」

「一股強大的吸力把我往外吸，我好像要分裂了！柳老師，柳老師，你聽我說！」

「小喬……」

「跟你在一起，我特別開心，我想，我其實是喜歡你的，當年，太年輕……如果有緣我們……」

「小喬？小喬！小喬啊，好的好的，如果有緣，我們再續……天啊，你們都走了，都被刪掉了，留下我一個人，要做什麼，有什麼意思？老天太殘忍，沒有道理可講！不管你是純潔善良或是陰毒狡詐，不管你是年輕力壯還是像我這樣，不管你想名揚四海榮華富貴還是只想安靜地讀書寫字，不管你占盡便宜或總是吃虧，或是你有時占便宜有時吃虧，有時行善助人有時落井下石，一切都是隨機，碰到了就碰到了，成就了就成就了，失敗了也就失敗了。沒有道理，不講理啊！為什麼獨獨留下我？保令達，保令達，讓我走，不要對老頭子手軟！」

6

柳雲生走進這家新開的早餐店。油條燒餅皮蛋瘦肉粥，蛋餅和豆漿……是台式早餐店，還有滬式的小餛飩小籠湯包，蔥油拌麵和生煎包，每道菜寫在木牌上，在牆上一字排開。管收銀台的女人，戴著個眼鏡低頭看書。柳雲生不由得多打量兩眼，這世代，遇見看紙質書的人真不太多，何況是在早餐店的收銀台。

「要一份薺菜小餛飩！」

收銀員抬頭，一張蒼白疲倦的容長臉，眼神恍惚，好像還在書中世界遨遊。她皺著眉頭在點餐機上撳了幾下，讓柳雲生用手機掃碼付款，嗶一聲錢到賬，便把收據連同一個號碼牌交給他，又低頭看書了。柳雲生好奇探頭瞥一眼，豎排的。

店裡擺了一條條長桌和板凳，有點復古的意思。白牆上墨色渲染挑扁擔沿街叫賣的小販，穿旗袍牽著孩子買餅的婦人，留著辮子喝粥的男人。過去的時代。從那時到現在，城市裡的人，習慣在外頭吃早餐。

柳雲生找了個有空位的桌子，坐下來，把號碼牌放桌邊。以前那家老店的號碼牌是木夾子上黑色簽字筆寫號碼，跟收據夾一起，現在這是壓克力做的紅底黑字牌，可以立在桌上。斜對面坐一個皮膚白皙的熟女，波浪的短髮，鬢腳沿腮邊俏皮的一勾，頭上架副寬邊太陽眼鏡，顯得很洋氣。柳雲生也不知道為什麼，對皮膚牛奶般白的女性特別有好感，朋友們常笑話他的品味跟不上時代。女人穿一件別致的黑底真絲衫，飄浮著一朵朵桔紅色的喇叭花，垂著眼睛專注地吃著，不時噘起嘴朝調羹裡的餛飩輕輕吹氣，完全可以想見她發嗲的模樣。好吃嗎？他想問，出於一種善意的搭訕，察覺自己有好幾天沒有跟誰真的說上什麼話。

但他不會貿然開口。上海這個地方，陌生人之間可以拼桌吃飯，但不隨便搭訕。

一個身形挺拔的服務員，用一種西餐廳裡單手托銀盤的姿態，為他送上一個蒸籠，他還來不及說什麼，服務員便掀開蒸籠，取走號碼牌，轉身如魚般游走，一舉一動如舞蹈般流暢優美。柳雲生出聲叫喚：「喂，這不是我的！」

下一秒鐘，服務員翩然來到他桌邊，檢查收據。「點的是小籠哦，沒有錯。」濃濃的閩南口音。

「我點的是……算了！」柳雲生搖手。「小籠就小籠。」

他覺得自己並不吃虧。眼前的小籠冒著帶肉香的熱氣，令人食指大動。先啜一口甜鮮的肉湯吧！沒等柳雲生拿起筷子，小籠的熱氣主動來撩撥逗弄，先竄進他鼻腔，又讓他的眼鏡蒙上一層白霧。他拿下眼鏡在衣角上擦擦，重新戴上，對面的女人此時抬頭，兩人眼睛一對上，他心頭怦怦狂跳。

「帥哥，這家小籠口味怎麼樣？正宗嗎？網上推薦的是小餛飩。」女人的聲音有種不可抗拒的嗲勁。

「應，應該不錯吧，聞著不錯。」柳雲生突然害羞起來，並為這突來的害羞感到一種羞恥。年輕的他，總是在美麗而大膽的女人面前手足無措。

幸而女人自然放鬆的舉止，臉上的微笑，讓他很快鎮定下來。女人去國多年，剛剛返鄉，在故鄉各個陌生角落尋覓熟悉的滋味，柳雲生熱情推薦了幾家老字號，並讓她嚐了一個熱騰騰的湯包。女人姓喬，他喊她喬姊，她叫他小柳，兩人雖有年齡和背景上的差距，對坐閒聊卻很是自在。

兩人吃畢起身，侍者含笑道謝，相偕走出店門，收銀員漠然目送。站在車水馬龍的大馬路邊，藍天白雲襯底，遠近皆是現代摩登大樓，近處的看得分明，款款走來穿套裝高跟鞋手拿星巴克的白領，探手出窗不耐煩拍著車門的出租車司機，紅燈前講著手機的藍制服快遞小哥，一幅幅走馬燈的眾生剪影，不知從哪裡來的光源，照得他們動來動去，千姿百態。視線往前還有寫字樓開合的自動門，櫥窗上打折特賣的紅字，百貨大樓外滾動的房產廣告。越過這條馬路就什麼都被遮擋掩藏，樓外有樓，天外有天，高低起伏如股市漲跌的天際線，森然巍峨。一時兩人都感到幾分膽怯，同時又生出幾分豪情。

小柳和喬姊對看一眼，不禁笑了，於是互加了微信，約著哪天再碰頭，去吃本幫菜或其他。

木頭人

1 奧力一直在遺忘

就跟之前幾百個幾千個夜晚一樣，下班後，奧力歪在沙發上滑手機。在「有人懂」平台上，跳出一個緊急詢問：一二三木頭人的遊戲規則？最佳答案獎知識花一朵。發問的「那一年的白桃」，梳辮子的卡通女孩頭像，在問題後貼了幾個可憐兮兮雙手合十的表情。

一個實體遊戲有什麼緊急可言，還允諾給平台上的最高獎酬。奧力不禁搜索起自己那可憐的記憶。跟其他需實體參與的遊戲一樣，這早就沒人在玩了。一二三，木頭人。當鬼念完此咒轉頭，沒有就地僵止一動不動的，便會被鬼抓走。好像是這麼玩的。抓人的是鬼嗎？還是領袖？反正他有權抓人，叫大家當木頭人。他當年玩過這個遊戲嗎？父母都上班，他從課後班回來，做完功課就看電視打遊戲。但也許，他是玩過的，在幼兒園，在小學，只是忘了。

奧力的記憶力不可靠。對他而言，走過說過吃過和做過的，在時間之流裡很快就如潮洗沙堡一切歸零，沒有歸零的也是風吹落葉分不清先後順序，或像做過的夢，醒來後只餘布縷皮屑難窺全貌。

隻身在大默城，只有同事沒有朋友老同學，沒有人能叫出他的渾名，沒有人見過他的父母，沒有人知道哪怕是一丁點關於他的祕密、傳聞或歷史，什麼都沒有，一片空白。對他們而言，他是一個再平凡不過的「新默城人」。那些長久沉睡的舊時記憶，被一成不變的生活沖刷到影像模糊，每當需要自我介紹時，他總有一絲猶豫。

他懷疑是兩年前那場車禍的後遺症。他在醫院昏迷了整整十天。他們說他的腦部受到猛烈撞擊，沒有明顯外傷，影響還有待觀察，每個月要回腦科複查，每天睡前要開啟聲波傳導復健儀，在睡眠時作深度修復。復健儀由醫院提供安裝和維護。作為新默城人，他體察到一線城市提供的醫療照護，遠非老家可比。

他是上班途中發生意外，核定工傷。他所在的工作組有六人，三人一排前後座，兩排之間用置物架隔開，上頭可以擺放植物，有人放了黃金葛、多肉，他放的是資料夾和杯具，座椅上一年四季搭著一件天藍色薄夾克。頂頭上司是陳經理，坐在最後一排的右座，就在他的斜後方。同事之間雞犬相聞，敲打鍵盤和清喉嚨，但抬眼僅能見到前人半個頭顱。傷後回公司上班的第一天，他跟其他同事一起聽到陳經理接到大老闆的電話：瞿總……是，他今天回來上班了……對的，好，應該的，我知道……他以為經理掛電話後會對他說什麼，但經理什麼也沒說，只是把當天的工作項目發到他的電子信箱。

後疫情時代，人們已經習慣了身邊人突然地消失，或再次出現時對行蹤不加以解釋。在這種不問不說的氛圍下，奧力也就沒有對任何一個人提起，甚至是老家的親人。如果不是床邊那台除溼機般大的聲波傳導復健儀，如果不是每個月要到醫院報到，護士一絲不苟在他頭皮上用一種特殊的導電膏黏上電極接到腦電圖儀，主治何醫師認真盯著上頭跑出的腦波曲線和數據，還有，如果他不是被叮囑必須保持光頭直到不需再複查，他甚至懷疑一切不過是自己的想像。

他添了兩頂帽子，夏天棒球帽，冬天毛線帽，它們跟他一貫平凡無奇的打扮很搭。他還養成不時搓摩自己光頭的習慣。因為自己光頭，便注意到街上很多人是光頭，頭型亮堂堂無保留裸露出來。他是扁頭，從小母親都讓他躺著睡，說扁頭好看。沒有人對他的新造型有什麼評論，出於體貼或根本不關心。他早就習慣人們彼此間保持的這種距離。他彷彿記得，曾經人們比較熱情，比較愛管閒事。

奧力摩摩頭，新冒出的髮茬又尖又硬有點扎手。也許他的忘性跟腦傷無關，只因為後疫情時代，兼又獨居，沒有講述的機會，無從經由語言在大腦重新組織加強那些記憶。那些曾令他輾轉反側的情緒，工作上的挫折或生活上的欠缺，也因為沒有訴苦的機會而趨於平淡，過了就過了。他就像城裡到處可見濃墨印著「忠誠安全偉大新紀元」的黃色旗幟，在風中飄蕩，無可依傍。

奧力這麼一分神，平台上已經有三個答案。他掃了一遍，三個答案有相似的結構：一個是抓人的，其他都是被抓的，抓人的背過身喊一二三，木頭人，轉過頭來抓還在移動的，哪怕是忍不住笑出來，或是擠眉弄眼，或是太緊張而身體晃動，只要被看到就被抓了。眾人趁鬼背過身時，要趕緊上前去打鬼，打到就贏了。化被動為主動，求不敗到求戰勝，就在這可貴的一瞬間。至於抓人的細節，被抓後的處理，打到鬼後的善後，三個版本都不同。

是區域不同，世代有異，還是記憶有誤？或是，一種遊戲本來就有多種變體，就像人生這趟旅程，生老病死的結構是固定的，其他因人而異。有差異是好的，流動是可喜的，停滯是可恥的，是虛擲，是浪費……奧力的思緒在這裡硬生生打住。他下意識看看四周。

這裡是安全的，他告訴自己。這是他貸款買下的一室小窩。這個樓盤是官方宣布大疫結束那一年動工的，房地產在那一年全面復蘇。他本來是租客，住了幾年，有一天再也聯繫不上房東，後來一個自稱是房東兒子的人從外地趕來，拿著房產證和有效證件，把房子低於市價賣給了他。房東去哪兒，發生了什麼事？這個男人沒說，他習慣性不多問。總之，這對他來說是交了好運。之後不久，他昏倒在離公司不遠的小路上。警方告訴他，事發地點的探頭壞了，也沒有目擊者。他就當作福禍相依，好運之後就是噩運，不欠命運什麼，小窩這才真正屬於他了。

奧力腦裡突然閃現一個遊戲細節，是三個版本都沒提到的。哦，現在有五個版本了，大家怎麼對這遊戲這麼有興趣？是一種懷舊嗎？他輸入了那個細節補充。那是關於勝利後對鬼的處罰：在一首兒歌的時間裡，眾人做出各種奇怪可笑可怖的模樣，近身干擾，鬼必須保持一動不動，因為他現在是個木頭了。奧力驚訝於這個細節的湧現，不知道像這樣的數據，平日都藏在腦部的什麼地方。

「你就是個木頭鬼，不能說，不能笑，也不能動，不能叫，你就是個木頭鬼，敢動就把你幹掉……」

他把那首兒歌輸入後便下線了。

二十九歲的奧力快速遺忘時，他卻沒有被遺忘。有人緊貼著他，有如他的一層皮膚那樣貼著他，跟他同樣頻率的心跳，跟他一樣後背和手心微微出汗，悄悄地打嗝放屁，知道他的一切，比他知道的還要多。他不記得的，數據庫裡都有備份。

不僅是性別姓名出生年月日戶籍學歷工作單位病歷房貸銀行帳戶地址手機號……所有奧力擁有的東西，喜歡的音樂看過的電影常點的外賣，做過的事走過的地方，他的好惡他的軟肋，點讚啥關注啥，生活的方方面面，所有作為人的一切積累，都在裡頭，立即可查。凡走過的必留下痕跡。

這已經不再是歷史裡所謂的「檔案」，在換單位挪窩時必須跟著調動的基本資料。過去的檔案記載的內容太有限了，從今天的眼光看去，不過是塗鴉素描。在新紀元裡，只要一有行動和消費，只要跟這個世界發生某種關係，都被記錄和存檔。有某些人，奧力不知道他們是誰，這些人可以用人工智慧去分析他的數據，很快跑出一些曲線，歸納統計出某些結論。他從每日定時和不定時收到的各種服務和消費推送裡，看到自己生活的痕跡，那麼地清楚明白。

早上七點五十分，祥薈小區三棟八樓B座的大門打開，光頭奧力走出來，樓道探頭編號L1041第一個看到他，目送他走到電梯前。兩梯四戶，電梯等多久，要看運氣。電梯裡的探頭E293俯看著奧力擠進來，電梯裡站滿了人，有帶孫子上學的陳家奶奶，趕上班的李先生，去上瑜伽早課的黃太太，抱一條穿小馬甲泰迪犬的邱小姐，電梯門貼著奧力的背關上了。人人都戴著口罩，但是探頭E293和另一台電梯裡的夥伴E294對每個人都非常熟悉。

這裡的人暱稱監視器為探頭。探頭探腦，這名字給了它一種個性，彷彿不再只是機器。機器有了人性，人活得機械化，兩者之間的灰色地帶日漸擴大。

奧力穿過小區的綠化區，來到東大門，刷證開柵門。著深藍制服的警衛從監控螢幕裡看他。

在走出小區之前五分鐘的路上，七個探頭記錄了他的動線，出了祥薈小區，就由國企私企和市政府安全警戒防線接手。

各個角落的探頭和探頭後的眼睛興味盎然地觀看，看奧力外八字的步伐走進一家超商。歡迎光臨，火腿蛋三明治，四十五元，美式咖啡，三十八元。手機掃碼付賬，賬單明細同步上傳到消費檔案。謝謝惠顧。奧力站在路邊喝咖啡，網約車如約而來，他跳上這部油電混合車。車上攝像頭打開，記錄著奧力兩眼無神啃三明治的蠢相，他沒有跟司機交談。很久以前，車廂裡常有人生碎片隨機落下，發自內心的感歎，一個尖銳記憶的重述，不相識的人在這個私密空間裡自由交流，越過各自的社會階層，平等而天真。不再有了，私密在新紀元很稀缺。司機依導航路線，開到了他上班的宏光大樓，約車平台自動扣款，如實記錄時間、出發地、到達地，公里數和金額。

奧力刷卡進大樓，乘電梯到十一層，人臉辨識機打開柵門。他打開電腦，開始查看工作郵件。午餐在美食平台上點外賣，金槍魚沙拉和一塊芝士蛋糕，九十七元，手機支付。下午在洗手間旁的販賣機刷手機買咖啡，三十五元。三點多，他跑了趟廁所，探頭記錄他撫肚垂頭疾行的身影。回到座位，他在美食平台上跟客服投訴了今天的沙拉不新鮮，通話被錄音。快下班時，他花了一刻鐘在線上購物平台查微波爐，比較功能和價錢，把兩個品牌的微波爐放在購物車裡，沒有付款。平台數據記錄了這一切，之後他將收到其他品牌型號的微波爐推送。

奧力六點一刻刷卡出公司大樓，刷手機裡的交通卡乘地鐵，十五分鐘後到達星曜商場。商場地下一層是統一餐飲販售區，食物被做成模型，在櫥窗內展示，牛肉麵煲仔飯比薩餅和炒年糕等諸多模型前有售價和編號，人們在販賣機裡輸號買餐，就像過去在車站排隊買票。兩面牆上電子數字閃動著訂單號，取餐的人耐心等著，就像過去在醫院等取藥。今天有不少人在等，穿各色制服的外賣小哥，還有像奧力這樣的顧客。十分鐘後，他拿到了一個肉夾饃，一對烤雞翅，分別裝在紙盒裡，放進印有星曜藝術字體的藍色紙袋，一聽啤酒被細心地用冰袋裝著。

奧力在商場逛了一圈，買了一雙慢跑鞋。過去用慣的外國品牌，只能從黑市裡拿，現在他改穿同城一位奧運金牌選手代言的運動鞋。造型也炫，差異在鞋底彈性。默城人向來講究身外物，用要用最好的，飲食要精細，他一工作就到了默城，耳濡目染，物質上不虧待自己。

在商場監控螢幕上，有個戴棒球帽的男子從這個螢幕走到那個螢幕，最後停在屋頂花園吃東西、抽菸。如果調出過去三個月的監控畫面，會看到光頭男子在這商場的漫遊總是結束在屋頂花園。一整天，默城各角落的探頭沒看到光頭男子跟人說話，有任何交流。他活得就像城市裡其他的人。

當年為了防疫，默城當局下了道集會餐飲的禁令，杜絕人們群聚。餐廳紛紛關門歇業或轉型經營外賣，最受打擊的是火鍋店，這曾經盛極一時的餐飲型態，需要多人一起進食。疫情結束後，這條禁令沒有完全取消，想開業的餐廳很難通過相關的法規，好容易開了業，總是有各種問題必須閉門改進。餐飲業一蹶不振，只有咖啡館還能勉強開張。人們習慣了獨自進餐，習慣了三餐外賣。生活改變了，這只是其中的一項。過去人們在手機上日夜刷著的自媒體公眾號，從影視娛樂生活常識到文化藝術，一個個悄悄整改或關閉。網遊這樣的娛樂產業巨龍被砍倒，曾經吸金吸粉的影視歌三棲偶像中箭落馬，盛極一時人人自嗨的社交媒體，風吹草偃噤聲臥倒……這些被形容為「大腦病毒」的平台，殘害國人心靈，製造社會動盪，監管單位拿出防疫的鐵腕決心，大刀闊斧進行整頓，有兩三年時間，整個國家就像日夜噴灑著消毒液。

初時的驚訝不滿在接受現實後逐漸淡化，人們的健忘超乎想像。填補空缺應運而生的，是各種舉報平台。舉報人通過實名認證，填寫聯繫方式，最後綁定銀行卡，方便發送舉報獎金，程序簡明，跟加入購物平台會員的程序沒什麼不同。

居民出行有限制，隨政策、節慶、國家安全和舉行重要會議而修改，重點區城不時實行宵禁，人們不敢隨意離開居住地，生怕因為移動，通行碼從綠色轉黃變紅，就此被限制行動，行動受限後各種可怕的後果，全由個人承擔。

民眾的休閒娛樂成了一個難題。還好有商場。大默城建造了許多像星曜這樣的大商場，明亮舒適，人們到商場看看櫥窗，買杯飲料或冰淇淋，獨自在休息區飲用。一條條孤伶伶的影子，在聽不到談笑聲的商場裡飄來飄去。人們渴望談話，自由無拘的談話，但他們緊閉嘴巴，不輕易跟人眼神交會。他們走出商場，在熾亮密排的路燈下走一段路，搭車到另一個地方，走進一個封閉的小區，刷卡刷碼刷臉，走進一間屋子，鎖門。

2 商場的月光女孩

推給奧力的報導說，大數據發現年輕人性慾降低（如果不是完全喪失），新一代的男女不知如何對別人開放自己。這是研究生育率徘徊谷底的專家學者們提出的結論。如果大家不做愛，老齡化的社會問題如何緩解？

奧力記得，很久以前，隨處可見一種機器，樣子就像一般的販賣機，機身貼著計畫生育和安全性愛的宣導海報，有需要的人可以在這裡取得安全套。商業大樓底下，酒吧門口，一些公共場所，都可以看到這種機器。對性的公開討論或非主流實踐是被約束的，但是這個行為的本身，被以一種實事求是的方式對待。

現在，酒吧夜店關門，商業大樓底下放的是口罩販賣機。口罩已經是每日必需品，人們即使不戴，也會放一個在口袋裡，以備不時之需。口罩讓人臉識別和覆蓋全城的探頭力不從心，為此，有關專家一再呼籲，大疫已經結束，先進的疫苗足以保護大家……但是人們不願意丟棄口罩，彷彿這是用來蔽體的衣物，是他們隔絕外在有害物質入侵的最後防衛。

流行服飾品牌積極投入口罩設計。既然口罩不用來防病毒，而是一種衣物，便出現了各種材質各種款式，毛皮塑料人造纖維，小狗怪獸各種圖案顏色，有的全臉覆蓋，只露出眼睛，有的只是一小塊布片遮蓋鼻子或嘴巴（受到朝天鼻塌鼻和菸漬黃牙人的追捧）。後來，這些創意失控了，像春風吹拂下的野草，有關單位懷疑某些圖案和顏色是一種結黨集社的暗號，在某些時候某些地點，人們戴上某種顏色或某種圖案的口罩，其實是在抗議或宣告某種立場。當口罩沾染上反動色彩，當局只允許生產方形白色藍色、非織造布及聚丙烯熔噴布材質的口罩。訂單回流，生產醫療口罩的廠商鬆了口氣。

不聽謠、不信謠、不傳謠。

但是有退休的防疫專家國家院士說，那個在十五年前突然出現，恣意奪去全球千分之七的人口，讓有些小國近乎滅亡，部分國家解體重組，世界經濟受到重創的可怕病毒，其實並沒有真的滅絕，只是蟄伏，寄宿在其他動物身上，等待機會再次席捲全球。傳言更說，病毒再來時將是摧枯拉朽勢如破竹，最前沿的生化科技和防堵手段，都將無濟於事。這種不斷變異優化的病毒，會有很長的潛伏期，患者在無症狀的情況下，將病毒各處傳播，沒有哪個國家的醫療系統能抵禦這種超級病毒。還有傳言說，其實，這病毒已經回來了，這一次它們攻擊腦神經，病人產生幻聽幻覺，無法辨識真實和虛假，他們極可能抑鬱，失去某些感官知覺，死亡通常來得很突然。

好消息是，根據當局發布的報導，最快明年春天，一線城市的居民將率先享有腦部植入智慧晶片的福利。晶片監管腦部腺體正常運作，監控慢性疾病，與病人所屬醫療機構即時聯線，提供最及時的預防和治療。植有晶片的人，有可能在第一時間偵測出體內疑似病毒感染，在腦部出現異常時，立刻敲響警鐘。

有了晶片，你的心跳血壓體溫，將赤裸裸地宣告你是否健康，是否情緒平穩，是否可疑。所有需要被保護的公共空間：重要會議廳、機場和車站、地鐵和商場……凡是生理指標不達標的人，排查後才能放行。

全民抗疫的五年，人們被動或主動上交個人資料給多個平台和機關，以便通過排查，抗疫結束後，全民數據收集已臻完善，個人對上交數據的要求也已完全接受。人體智慧晶片，加上無處不有的探頭，日新月異的人臉識別技術、網路數據庫技術、電腦並行處理技術、人像組合技術、模糊圖像復原技術、影片圖像採集與處理的硬體技術等結合在一起，瞬間即可比對所有人的人臉數據。

這將是一個更公開更安全的世界，他們說。良民不需擔心任何事，你時刻被保護。遺落在路上的皮包，忘在候車室的手機，跟垃圾一起扔出去的珠寶……因為探頭，都一一找回。拾金不昧不再是碰運氣的事。街頭受訪的人們表示，大默城是全世界最安全的城市，它有大都會的便利，沒有大都會的危險。他們走在路上感到很安全，相信宵小不敢出沒，攤販不敢偷斤減兩，司機不敢繞路，生命和財產被全年無休的探頭緊緊守護。

據統計，過去十年外遇的發生機率，從每三對夫婦就有一對，降低到每一百對才有一對。這不能不說是拜探頭所賜。還能去哪裡幽會不被發現呢？離婚率隨之大幅下降，結婚率和生育率也是……愛，不管是什麼樣的，變得稀有。

奧力懷疑罪犯能在這個城市存活。長久以來，新聞裡沒有任何犯罪報導。他讀到唯一可稱得上負面消息的，是探頭的耗損率增加了。雖然有關單位投下鉅資維修，但有時還是不能及時恢復，這使得一些人，甚至一區的人，行動了無記錄。幸而空中鷹眼攝相機已被開發和安裝，它們就像衛星一樣懸浮在這個城的上空，夜以繼日地工作。

當鬼轉身，眼光瞬間鎖住你，驚心之處就像跟暗戀對象的眼神對上，有種命定的絕對感。眼光可以殺人於無形。奧力看過日本電影裡以眼神殺人的女忍者，相較於放毒變形幻影等忍術更加高妙。這個忍術唯一的弱點是，忍者必須先鎖住對方的眼神，才能將他毀滅……。

他從冰箱取出一份微波簡餐，這時才想起，微波爐壞了。

手機裡彈出一條消息：需要外賣晚餐嗎？推薦方圓一公里之內的外賣套餐，折扣優惠……。八點左右是他的晚餐時間。他必須連續十四天不在這個時間點外賣，才不會繼續收到這樣的消息。晚餐吃什麼呢？他從冰箱裡拿出一根黃瓜，在水龍頭下沖沖，放進嘴裡嚼。

他不餓。感覺不到餓，這是最新的生理變化。許多欲望消失了，隨之而去的是跟欲望相纏的喜怒哀樂。但是他知道該進食了，維持身體的正常運作。他誰也靠不上，只有自己。他吞了一把維他命，點開手機的哇奇動物園。

境外的東西進不來，本土自媒體因有害善良風俗和有礙觀瞻被禁，在互聯網娛樂平台幾近真空的時候，哇奇動物園橫空出世成為新寵。在這裡可以看到猴子孔雀野豬花豹錦蛇……很多動物的生活實景。這些實景是在一個保留區架設高倍望遠鏡和空中航拍取得，那裡占地五百公頃，依山傍水，有各種飛禽走獸棲息。運氣好時，可以看到求偶、生產、捕獵或被獵，流血和死亡。平台依動物的習性，根據時節把鏡頭投向不同的動物，依觀看者的點讚數和評論，找出動物園的明星，給它們命名以利宣傳。

奧力已經訂閱了兩年，對每天兩點一線的他，動物園裡的生活比他的自由有趣多了。他這陣子關注的是那隻有點自閉症落落寡歡的金絲猴小吉。小吉才幾個月大時，猴媽媽就把牠從石堆上丟下去，小猴沒死，只是一隻腳跛了，牠的悲劇引起了觀者的同情。

關於小吉的故事持續了幾天就沒有了。等牠再次出現時，已經是隻孤僻的公猴，一跛一跛走來走去。牠不受同伴歡迎，總是搶食物或打架。最近一次看到小吉，牠面容陰鬱掛在樹上，猴媽媽在水邊，一手抓著一隻小猴，一手潑水為牠洗澡，小猴吱吱叫著，母猴齜牙咧嘴。這隻小猴跟小吉有什麼不同？猴媽媽為什麼要這個，不要那個？奧力暗自希望能看到母猴把小吉抱在懷裡，為牠捉蝨子的畫面。

奧力好奇小吉的命運，但是哇奇平台上此刻出現的卻是黑底白字：根據相關部門要求，本台將暫時關閉進行內部整改。我們將嚴格落實管理要求，切實履行平台主體責任，加強違法違規信息管控，健全完善內部審核處置流程，積極維護網絡信息傳播秩序，為構建清朗健康的社區生態而努力……。

奧力罵了一個髒字後，張著嘴，無以為繼。他感覺不到怒氣。他該生氣的不是嗎？但是，生氣有什麼用？這不是第一次，也不會是最後一次。

他繼續在手機上滑來滑去，漫無目的。這時「有人懂」平台通知他，收穫了一朵知識花，來自「那一年的白桃」。

「那一年的白桃」給他留了言：感謝你的回覆，那個細節跟我記得的完全一樣，事實上，我們可能是世上僅存的兩個人，曾經這樣玩過。

世上僅存的兩個人？什麼意思？難道別人不是這麼玩的嗎？奧力閉上眼睛，眼前出現了一群孩子指著圈子中間的人哈哈取樂，現在你是木頭鬼，木頭鬼！

白桃還有第二個留言：可以見個面嗎，我還有關於這個遊戲的一些細節，想跟你印證。

見面？奧力有一絲警覺。

釣魚執法，引蛇出洞？他自認是良民，但是，誰曉得是不是有地方踩了線？曾經合法的，突然不合法了，就像他的通行碼，一直都是綠色的，車禍後不知為何轉成黃色，幾次詢問，負責單位只是告訴他，排查後如果沒有問題，通行碼會自動變綠。哪個單位負責，查證什麼，何時有結果，什麼都問不到，只能等待。他自認沒有犯錯，但是人家說你可疑，或許你真的可疑，申辯是無謂的，他也不是那種抗爭到底認死理較真的人。家人平靜接受了他休假不能回家的原因，只讓他安心等待，反正生活照舊。

照舊嗎？他腦海裡浮現了那個女孩。他給女孩取名月光。月光是他每天下班後乘兩站地鐵到星曜商場的真正原因。

他的公司斜對面就有一個商場，規模雖小，如果只是去看看人打發時間，絕對綽綽有餘。三個月前，他想買按摩椅。寂寞的人在推拿店裡，感受有力雙手的按壓揉推，鬆鬆緊繃的肩頸，搥搥久坐痠疼的腰椎，有說不出的愜意。還有精油推拿，在芳香沁人的密室，一雙柔軟卻有力的肉掌，人與人的肉身接觸是那麼銷魂，那麼憂傷，知道自己不需開放什麼，接納什麼，這一節時間過後，付了錢就能離開。市區內推拿店人滿為患，專做會員生意，金卡會員優先預約，奧力這種散客總是約不上。

不如買個按摩椅吧？奧力查到這家商場有家專賣店，於是來了。試用了幾張按摩椅，導購戴著口罩不冷不熱地介紹，他半躺在那裡，像在牙科診所。他走出來乘手扶梯漫無目的一層層往上，到了頂層。推開寫著「出口」二字的玻璃門，撲面是帶著煙塵氣息的晚風。

一個露台花園，綠樹假山，水流潺潺，欄杆上攀著綠色塑料藤蔓。花園中央有個水泥橋，欄杆漆成木頭色，她就站在橋上。天邊的晚霞只餘一抹炭紅，女孩沒戴口罩，一件焦糖色短袖上衣，吊帶裙綠色或藍色，看不清，只知道她的身影隨著時間一分一秒地黯了下去，而她的臉龐、裸露的臂膀和腿，卻在夜色裡一寸一寸浮現月光白。他點了菸，在一個鐵椅上坐下來。直到抽完，女孩一直站在橋上。他已經看不清她的模樣，就是一個影子，但是女孩的臉調轉開後，總是會再轉向他。來自陌生女孩的注視，讓他身上熱了起來。是不是過去搭訕呢？這時女孩一步一步過了橋，消失在樹叢後。

之後，他總會在離開商場前，到頂樓抽根菸。如果月光不在，他抽完菸就走，如果她在，他會隔著一段距離，在夜色中注視她的膚色開始泛起月白，享受她在故意轉開臉後，再次勇敢轉向他的那個時刻。總有一天，他發誓，他會過去跟她說話，了解她是一個什麼樣的人，並告訴她所有關於他的事，只要她想知道。

3 跟陌生人談心

他們約在江濱大道一號碼頭「逝水咖啡館」。江濱大道沿著環抱默城的金鶴江鋪建，長兩公里，江上船隻穿梭，視野開闊，大道的另一邊是緩坡上升的綠地。因地理關係，江濱大道的探頭少，在這裡碰頭，隱祕性強，分手後散入人群，不引人注意。

奧力提早十分鐘到達約見地，在咖啡館的小花園找位子坐下。他的心跳加速，口乾舌燥。不知道白桃是什麼樣的，是男是女，年輕或已經老去。希望是個善解人意，善於傾聽的女人。他腦裡又浮現頂樓花園的月光。他認定月光是這樣的女孩，不需說什麼，只是專注地望著你，了解你說的和沒說的一切。他在口罩後笑了，這要求未免太高。他答應白桃的約會，僅是因為感到無聊，極度的無聊。

有人過來了，一個中年男人，條紋Polo衫塞進深灰色長褲，金屬頭皮帶勒出一圈肚皮。男人手裡牽著一個小女孩，女孩梳兩根朝天辮，穿一件粉紅蕾絲洋裝，白褲襪，黑皮鞋，身高到男人大腿，模樣很可愛。女娃經過他時，他看到女娃有白皙粉亮的皮膚，長翹的睫毛，漆黑的大眼珠，眼神跟灰色的江水一樣空濛。

是仿真娃娃啊！奧力倒抽一口氣。

男人和娃娃走進咖啡館，在窗邊落座。

奧力環顧四周，沒有人對那女孩的真假有任何懷疑，或好奇，大家看著窗外啜飲咖啡，或在手機上刷著什麼。也許他們早就見過了。畢竟人們彼此不交流，資訊難以流通。奧力對自己說，不用大驚小怪，五年疫情輾碎多少家庭，倖存者獨自煎熬，於是仿真娃娃出現了，其他類型的人工智慧伴侶也有了吧。過去他沒有留意，所以視而不見。如果他需要一個人工智慧伴侶，肯定早就看到了，就像現在他看到那麼多人也是光頭。

約定的時間已到，白桃還不見人影。手機智能地圖上，逝水咖啡館被紅圈包圍，代表他所在位置的藍色指標在紅圈中間。地點正確。隔窗看去，坐在男人對面的娃娃，更像一個乖巧的小女兒了，男人邊啜飲咖啡，邊對她說著什麼。他慶幸今天約的至少是個真人，活人。但是這個真的活的人為什麼還不出現？

手機叮一聲，有消息進來：抱歉，臨時有事，可以改期嗎？Later yet better.

晚點但更好。

什麼鬼！奧力推開椅子站起，說也奇怪，心頭卻一陣輕鬆，有點慶幸，像逃過一劫。昏了頭才會答應這種盲約，這很可能是釣魚執法。在天馬行空的談話中，那些不被制約的想法，被偷偷記錄存檔。他的通行碼將永遠不會變綠，在單位受到調查，半夜有人敲門帶走他，請他「喝茶」。他脫帽摩頭，那裡有一層薄汗。之前，他是受到什麼蠱惑啊？

他把帽沿朝後轉，來到江邊，腳下是有彈性的磚色步道，不時有人從他身邊慢跑而過。不遠處有個老人倚著欄杆，背對江水，腳下踩著一截狗繩。一群灰鴿子排成人字朝他飛來，隨即轉彎向另一頭飛去，有那麼兩三隻轉彎時似乎被慣性甩出，但很快便調整好歸隊。鴿隊像回旋鏢似地在空中來回，會不會撞上那個灰白色的浮空偵測器呢？它像個熱氣球，氣定神閒停在半空中，保持一種俯瞰的優越姿態。江面上走著遊輪和渡船，江水一波波拍岸，單調反覆。這世界看起來與往常無異。

過了一星期，週六下午五點，陽光轉為柔和時，他又來到逝水咖啡館。他不清楚為什麼再次答應約會。可能是長久以來沒有任何約會，一切交流都在線上。一二三，木頭人，僅僅只是談談童年也好，童年話題是無害的。他回憶小鎮上度過的童年，卻對不上焦，想不起什麼具體的事，彷彿回憶曾被重組，曾被塗改，曾被……他放棄不再想。

這個地點不錯，至少有那一大片水，單調的水聲，來回的船隻，望著望著，心就平靜下來。如果話不投機，也可以一起看水或散步。他坐在上回那個鐵椅上，鐵椅被陽光曬得有點發燙，一棵花已落盡的櫻樹，伸出枝葉茂密的一隻長臂替他遮陽。

約定時間前五分鐘，一個女子站在了他面前，梳馬尾，戴口罩，無袖上衣露出的手臂粉瑩粉瑩的，文靜的單眼皮定定看住他。「木頭人？」

「嗳。」他起身招呼，「坐這兒，還是裡頭？」

「就這兒吧，我喜歡戶外。」

她不說，他也明白，戶外說話方便。「那好，就這兒。」

他點了杯冰咖啡，白桃點了冰檸檬紅茶，各自買單。他們對坐，不看對方，也沒說話。飲料一來，他們不約而同把口罩摘下，看到了彼此。白桃的臉很白，汗毛長，看來比他年輕個幾歲，氣質像學生，有黑眼圈卻清亮的眼睛大膽盯著他，一點不閃避，也讓他無從閃避。他們無言對視了幾秒鐘，感覺非常久，超過了他記憶裡跟任何人對望的時間。

自從戴口罩後，眼睛成了唯一。過去有嘴角的上揚或下垂，嘴巴噘起雙唇輕抿，還有舌尖輕舔上唇，牙齒輕咬下唇，鼻翼的抽動，臉上的紅暈、輕顫、汗水和毛髮，現在只餘眼睛。人們在口罩後懶得作各種合乎社交禮儀的表情，只控制說話的聲氣，臉上沒有呼應的表情，有恃無恐有如從監視器裡看著對方，眼神也就遙遠冰冷了。奧力與其說是從對方眼神裡察覺有異，不如說是從自己的冷漠裡察覺過去那些表情都是世故。久而久之，奧力看人時總是應付了事，何況他是看日本動漫長大的一代，習慣非真人臉上的二維表情，拙於解讀人臉細微的表情。現在，這個女孩專注的眼神，裸露的整張臉，就像女主角填滿整個螢幕的臉部特寫，感覺十分震撼。

他清清喉嚨，「你想跟我聊什麼？」

「聊過去。」看到他的疑惑，她解釋：「我在做一個研究項目，關於童玩的文化特色，木頭人是其中的一種，我在收集它的玩法、起源、流行地，等等。」

「可能要讓你失望了，我，記性特別差。」

「是這兩年記性變壞了嗎？」白桃的口吻像個熟悉他過去的朋友。

「也許吧，之前有過一次車禍，腦部受傷。」

白桃意味深長地點了點頭。「我想也是。不過，你記得那個處罰鬼的細節，在我收集到的所有版本裡，這是獨一無二的，而且，它跟我的記憶相吻合。」

她不叫白桃，就像他不叫奧立佛，這些不過是平台上註冊的名字。他打定主意今天多聽少說，看女孩葫蘆裡賣什麼藥。「或許，我們來自同一個地方？你是哪裡人？」

「讓我告訴你我來自哪裡，你聽了就會明白，為什麼我要找你。」

奧力做了個「請」的手勢。

白桃兩手抓住馬尾兩端緊了緊，便開始了。她的敘述非常流暢，其間沒有什麼停頓和贅字贅辭，也不用修正或重組。也許她曾多次訴說同樣的故事。她的敘述把奧力一下子帶進了那個世界，彷彿看見那個海邊的封閉小村，灰藍陰鬱的海水，窮困落後，那些來了又走了的遊客，那些等不到子女回來的老人，那些孤獨長大的孩子，他似乎親眼看見，白桃的故鄉。

4 白桃的故鄉

潘村第一間家庭旅館開業，是供海釣客過夜，以便隔天清早出海。長久以來，釣客是村裡唯一的外來訪客。

大疫爆發之前，手機攝相和自媒體十分盛行，人們付出許多金錢精力，作出令自己滿意、朋友羡妒的「生活寫真」。竭盡炫富擺闊後，人們緊接著尋覓各種荒地野景，內容不再唯美，但求另類，各種作怪扮酷，甚至靈異，照片影片發布到社交平台，博得點讚和流量。當時大多數人還沒有認知到這些自拍和發布，相當於一種隨身探頭。

有一年的夏天，一對年輕男女來到了潘村，在朋友圈發了幾張照片。白天，原始的黑礁石，白色的天，灰色的海，荒涼的惡地形，就像世界的盡頭，感覺特別喪；晚上，滿天繁星從天上一直垂掛至海平面，就像一張鑲滿水晶鑽石的大掛毯，絢爛到無以復加。不久，潘村開始湧進年輕人，他們戲水弄潮，晚上升起篝火，躺在沙灘上看星星。

白桃家的民宿「老漁夫」，就是這時候開起來的，那時她才七八歲，本名潘桃，因為生得白，大家喊她白桃。

跟村裡其他兩間民宿相比，「老漁夫」離海灘最遠，挨著潘村的西北角，依著稜稜亂石綿綿荒山，像不受待見的小媳婦。它的客人少是必然的，因為它到海邊要走十來分鐘，風一颳就沙塵撲面。

民宿的生意集中在週末，週五晚上客人陸續到達，週六中午前，靠海的兩間民宿已經住滿了，小村裡出現了許多衣著時髦光鮮的遊客，小情侶或小家庭。村民支油鍋炸紅薯和蝦餅，架爐烤小魚和扇貝，香味四溢。而「老漁夫」的客人，聞到香味聽到那喧嘩，總是迫不及待要出去，急急走去加入，忘記他們本是到海邊小村躲避喧鬧的。這些村民自製的小食，聞著油香誘人，卻並不那麼合城裡人的口味，往往吃兩口就被扔進路邊草叢。

這樣的熱鬧，讓到南方打工的年輕人回流了一些，也搬進幾戶從拉拉鎮來的外地人，他們手製貝殼耳環項鍊賣給遊客，每週一次開車到拉拉鎮進貨，浴巾草帽薯片可樂。夾在大海和荒山之間，小村沒有架設無線網路，網購無法進入小村，許多城裡人慣用的物品要到鎮裡買。潘村作為網紅打卡點，不過一個夏天，新鮮感一過，沒有網路的潘村就門可羅雀了。但是這一個夏天的熱鬧，成了全村人幾年的話題。

白桃記得這一年，因為這一年就像分隔線，之前，潘村寧靜，之後，潘村死寂。

年輕人又離開了，老人們坐在家門口，沒有遊客可以看，蒼蠅叮在他們鬆垮的手臂上，子女給他們買的「老人機」放在口袋裡，這是不能上網的舊型手機，等著在城裡打工孩子的消息。孩子們工作忙，常常幾週也等不到一個電話。但是，一夜之間，老人們的手機都響起來了。孩子告訴他們，這個城和那個城，從中部向南向北擴散，甚至到了人煙罕至的西北大漠，一場傳染病由天而降，得病的人咳嗽發燒肺功能衰竭，這是極為厲害的病毒，輕易就能染上。他們托人捎了口罩回來。老人聽著孩子語速飛快的叮嚀，感到十分陌生，而那拿在手裡輕飄飄的小布塊，也是那麼陌生。他們把口罩和手機一起放在口袋裡。很快地，孩子們的電話又來了，說近期內沒法回家。

兩年，三年，幾年過去，孩子們沒有回來。

拉拉鎮是密集發病區，疫情險惡，一度控制住了，幾週後又捲土重來，反覆再三，拉拉鎮被封鎖了，外人稱它毒鎮。附近方圓百里的小村落跟著背上毒名，最後拉拉鎮所屬的縣、省都被連坐，不管個別防治成果如何，這個省的人在外地，人們避之惟恐不及，拿出再多健康證明也沒用。很多人失去工作和住處，只能流落街頭，好容易回到了自己的地方，發現省不待見那個縣來的人，縣也不待見拉拉鎮和附近小村落的居民。

離鎮一個鐘頭車程的潘村，向來以拉拉鎮為榮，老人終年盼望能進鎮一趟看熱鬧，年輕人一有機會就往拉拉鎮跑，據說拉拉鎮男人女人皮膚特別白嫩，打扮跟城裡人一樣。潘村的人跟外人說起老家，總以拉拉鎮為參照物：知道拉拉鎮嗎？我家就在附近。這時，潘村的命運跟拉拉鎮綑綁在一起了，儘管沒有人染病，更準確地說，沒有人被確診染病。北風颳起，春節之前，常有一兩個老人過世，人們早已習慣，感冒咳嗽本常見，從小就菸不離手的人，肺不好也不意外。不管病毒是否來了，或來過，小村的人從此不准出村，外面的人不能進來。不知過了多久，供電斷了。老人找出幾盞古早時候的油燈。

那些托給老人的孩子，無法出村一步，沒有網路，沒有學校，他們原本會如父母那般離家去南方打工，誰也沒有學過海事，他們活在一種突然中斷的時間裡，在等待接續時，只能在海邊撈海帶拾海貝挖牡蠣，跟著老人們種點花生和紅薯，編織簍筐草鞋，醃製醬菜。

時間似乎凍結了，又像被偷走了，這是一段非常孤獨的時光。老人睜開瞌睡的眼睛，看到剛學會走的孫子，已經能吃一大碗紅薯，兩臂和兩腿黝黑結實，在地裡四處撒歡，像頭壯健的牲口，但是那條通往外面世界的泥土路被蔓草掩沒，小村還是封閉著，世界遺忘了它。

人丁少，兩三戶人家合在一起過日子。生活景況家家戶戶都差不多，存不下什麼糧，也不致於餓肚子。一般人家都一個小院，堆著雜物，種得有枇杷番石榴之類的果樹，左廂是廚房柴房，後頭養豬，豬舍前是糞坑，右廂是睡房，窄小幽暗。除了生病，人平日不在房裡，喜歡在天井裡幹活，清理海物山穫，那裡最亮堂。隔著天井正中朝門是廳，廳之後沒有了，後頭種點自家吃的菜。廳裡擺一張方桌，供著過去領導人的彩像，或是當地供奉的泥塑海神。

無論是領導人還是海神，都跟他們的生活無關了，能讓年輕人感到好奇的，是也放在供桌上的手機。幾乎每個老人都有這樣的一部手機，死後留給了孫子或孫女。手機早就啞了。年輕人依稀記得老人曾握著這物件，讓他們聽遠方爸爸或媽媽的聲音，催促他們對著它喊爸媽。這便是他們跟父母僅存的聯繫了，他們懷著這樣惆悵茫然的心情，把手機放在領導人彩像或神像旁邊。

小村裡沒有任何醫療資源，老人們幾年內走得一個不剩，孩子們卻一個個長大了，他們在地裡和海裡取得食物，沒有誰能離得開誰。女孩納布鞋，男孩編草鞋，他們把全村能搜集到的舊衣物都拿來，能穿的穿，能改的改，能用來做其他物事的都利用了。有幾個男孩擔起了房屋修繕的工作，老人留下了工具，大山給了材料，一切都是因陋就簡，村裡沒有的，也就沒有了。

他們常在無聊的夜裡，聚在曬場聊天，點起火把驅趕蚊蟲。阿力長得瘦弱，卻是腦子最好使的一個，誰也不知道從未離開過小村的他，怎麼會有一肚子故事？他講住在大山和大海一些亦正亦邪的精靈，勇敢的大地孩子怎麼跟精靈合作和抗爭的故事。每個人都愛阿力的故事，他們要求阿力一遍遍重複講述。

故事會上，有個女孩總是獨自坐在遠處那段塌掉的矮牆，她就是白桃。白桃是個平凡的女孩，沒什麼農事做得特別麻利，沒什麼遊戲可以與人一爭長短。在需要分隊勞動或遊戲裡，她常是最末幾個被挑進隊的人。她在，沒覺得多，她不在，也不覺得少。她坐在那裡遠遠看著大家看著阿力。阿力不可能注意到她，村裡有三個好女孩，一個長相清秀，一個活潑可愛，一個能幹還有好歌喉。她們之間有一個會是阿力的愛人。她並不怨。

「老漁夫」開業的那年，那些沒有訂到海邊民宿，退而求其次來到她家住宿的人，當白桃帶他們走去海邊時，他們總是一路在抱怨：為什麼離海那麼遠呢？為什麼呢？她也問自己。但這就是一種先天設定，她想。這也是為什麼她沒有漂亮的外貌，討人喜愛的個性，但是她知道自己有什麼，她有耐心，記性好。

她聽故事時，光腳在草裡穿來摩去，感覺到有特別粗的草莖，拇趾二趾一夾扯下，把四葉如風車的前端紮成束，像個大頭細身的偶。村裡的女孩們玩鬥草。把一株草莖穿過另一株的束頭處，兩人各執自己的草莖一扯，斷頭的就輸了。白桃總是能找到最粗韌的草莖，有時一根草可以扯斷好幾個草頭。她常找那三個女孩鬥草，看她們的草頭被揪斷時失望的表情。

孩子們對世界的認知就是這個村，西村過去一點的山腳亂石堆，東村過去的狹長白沙灘和散落的黑礁岩。山邊盤繞著赤腹鷹，海上逡巡著信天翁。放眼望去，只有他們腳下的土地是能夠種糧食的，雖然貧瘠，但可以長出紅薯花生。他們需要的，總是能取得，雖然不多，但不至於挨餓。這就是了，孩子們無法想像其他的生活方式，或是不同的地理人文景觀，即使聰明如阿力也想像不出。因為無法想像外界，他們對那條已沒入荒煙蔓草的小路感到恐懼。它的存在，顯示了這個村曾經是一個更大世界的一部分，為什麼它成了孤獨的存在？外界到底發生了什麼？他們是被拋棄還是倖存？

有幾個膽大的孩子，拿鐮刀刈草，摸索著往路的盡頭，但是幾無例外，不是半途被草叢裡奇怪的動靜嚇得轉身就跑，便是直接昏厥，由同伴揹回。唯一真的走到盡頭，面對雜樹林的人是阿力。他臂上和腳上布滿草刺和血痕，勇敢直視著蓊密不見天日也無路徑的樹林，看到深處有亮亮的眼睛盯著他，這裡那裡，動物的眼睛，他們躲在暗處，他在明處。他似乎看過這樣窺視的眼睛，等著他來，知道他會來。他似乎在夢裡跟這些眼睛打過照面，那其中複雜不可解的殘忍和貪婪，讓他渾身一顫驚醒。阿力的呼吸沉重，雙腳被牢牢黏在地上，頭一陣陣昏眩，耳裡一波波嘶鳴，眼前的樹林列陣行軍，從左到右快速移動，像反覆來回放映的畫片……在即將倒地前，他猛吸一口氣，往後一步，再一步，直到退出那神祕的磁場。

孩子們並不煩惱，老人沒有來得及教給他們世俗的煩惱。他們從經驗裡知道，人有生老病死，老人會死，小孩也會死。他們餓了吃，睏了睡，白天勞動和玩耍，晚間聽故事，在曬場那裡他們跟心儀的人待著，或走到哪個無人的巷道或棄屋，白天洗衣的水溝邊，晚上有青蛙鳴唱。有更小的孩子出生了，大孩子和小小孩。

孩子們以摸石過河的方式過日子，誰也離不開誰。但是那一年的夏天，大雨連下一個月，之後太陽赤烈曝曬一個月，地裡所有作物都毀了，病豬殺了吃，下蛋的母雞也沒了。海邊的漁穫竭盡，山裡的獵物不見蹤跡，世界似乎準備要合頁結束了。孩子們祈求山神地神和海神，聚在一起彼此安慰。他們搶奪剩餘的一點糧食，在爭吵中受傷流血。如此又捱過一個月。

這一天，阿力把孩子們集合起來，跟大家說了他的一個夢。這個夢改變了一切，小村因此免於滅亡，或是，加速了它的滅亡。

5 被遺忘的暗號

奧力沒想到他聽到的是這樣一個故事。

白桃喝完最後一口檸檬紅茶，看了一眼手機上的時間。「這就是我的故鄉，你知道那個地方嗎？」

「我，我不知道，聽起來好像是古代的事。後來呢？你們怎麼逃出來的？那個阿、阿力是吧，他做了什麼夢？」

白桃跟出來收杯盤的服務員示意，讓他給兩杯水。

阿力把夥伴們喊到曬場，站在這裡的人，就是全村的人，一共二十四人。他說今天要講的不是故事，是他做的一個夢。這是一個異常清晰的夢，夢裡村人分作三組，分頭尋找出去的路。阿力大聲說，世界很大，不是只有潘村，老人說過，有熱鬧的拉拉鎮，走半天就走得到，這麼久了，為什麼沒有人來，我們的爸爸媽媽為什麼也沒有來？外頭的世界怎麼了？現在，潘村人必須要行動，尋找通往外界的路，不能困死在這裡！夥伴們聞言炸開鍋，議論紛紛。除了那條不存在又不完全消失的禁忌之路，其他就是山和海，海跟山一樣綿延不斷，山跟海一樣一望無際。哪裡有路？

白桃不知何時從斷牆回到了人群，她高聲說：困在這裡也是死，不如試試？

兩個小娃兒不算在內，阿力也不算在內，其餘夥伴們分作三組，一組八人往山裡去，一組六人往大海去，還有一組六人探那條路的盡頭。往大山去的人，帶了柴刀火石紅薯乾和清水，他們有可能要幾天才能回來，往海邊去的帶了釣竿網兜小刀和清水，去禁忌之路的帶斧頭柴刀。阿力把白桃留下，照顧兩個小孩。隔天一早，大家出發，約定遇險就長聲吹哨。

一天過去了，海組和路組的人沒有返回。阿力閉目坐在樹蔭下，白桃帶著兩個孩子，就像一家人。在這生死存亡關頭，白桃感到前所未有的篤定和幸福。第二天，阿力在村裡到處走來走去，他爬到大樹上，希望能看到更遠處的動靜，但什麼也沒有。這個世界變得非常安靜，他們是這世界最後的一家人。傍晚，白桃煮了一把紅薯乾，餵給孩子吃。他們都想到只有清水的海組和什麼都沒有的路組。那晚，她跟阿力依偎著睡了，兩個孩子就睡在腳邊，模糊中，彷彿聽到遠處傳來哨聲，再聽，似乎只是夜鳥。

第三天，三組人還是沒有消息。阿力喃喃自問：受傷了，死了？或是，他們找到出口，在匆忙慌亂的情況下逃出去，來不及通知？或是，他們在離開時就忘掉了沒能離開的人，就像當年他們的父母？

白桃以堅定的語氣說，怎麼會呢？我們的兄弟姊妹，怎麼可能忘了我們？

走吧，去看看！阿力催促。

他們把兩個小孩鎖在屋裡，留了水和僅存的食物。這一去不知會發生什麼，阿力緊握白桃的手，囑咐她，如果走散了，一定要設法找到對方，因為他們是彼此最親的人。他給她一個暗號，無論他們有什麼改變，憑暗號去找到對方。

白桃說到這裡，眼中閃著淚光。

「什麼暗號？」

白桃盯著他，「你不知道嗎？」

「我怎麼會知道？」

「是啊，你怎麼會知道？暗號是給有約定的雙方使用的，我為什麼要告訴一個陌生人？」

白桃突然起身，往堤岸的步道走去。

他保持兩步的距離，默默跟著這個奇怪的女孩。他眼裡看到脈脈湧動的江水，就像看到潘村的海，看到遠處的高低建築，就像看到潘村起伏的山……他甩甩頭，讓自己回到現實世界。

眼前女孩的背影，似乎在哪裡見過，肩膀左高右低，跨著大步。

「白桃？白桃！」

白桃轉頭，眼睛紅紅的，顯然哭過了。

「怎麼了？」

「一二三，木頭人。」她悲傷地看著他。

「啊？」

「一、二、三、」她放慢速度，這速度慢到足以讓最膽怯的小孩打到鬼的屁股。「木、頭、人。這是暗號。」

「啊？」

「你就是個木頭人，不能說，不能笑，也不能動，不能叫，你就是個木頭人，木頭人！」

奧力像做夢一樣，感覺腳不沾地。

「我猜他們一定抓到你了，拿走或改變了你的記憶。」白桃定定看住他，那專注的眼神有種催眠的力量，有一秒鐘，奧力幾乎要抱住她，跟她相認。

不不不，他怎麼會是白桃故事裡的人呢？「我不是你們的人，我不知道什麼潘村，什麼，什麼……。」

白桃不答，繼續往前走，奧力茫然跟著。事實擺在眼前，這個女孩不正常。整個故事就是她編出來的。他聽到慢跑者經過時沉重的喘息，孩童撒潑的啼哭，聽到男人激烈的咳嗽，女人的嬌笑。一串狗吠。一個老男人跟一條小狗走來，那是一隻身形矮小的白狗，長長的卷毛垂到地上，兩顆眼睛烏漆烏漆，吐著一截粉紅色小舌頭搖尾巴。汪！它朝奧力叫了一聲，眼睛一剎時射出紅光。

靈犬？

是靈犬。它不吃不拉，但是可以叫和走跳，前腳巴著主人腿撒嬌，後腳直立十秒鐘。帶著靈犬遙控器的就是主人，靈犬只跟他互動，在三米範圍裡如犬般行動，會嗅聞，會抬腳。

默城鼓勵居民養靈犬，靈犬不會在深夜裡狂吠擾民，不會在綠地和馬路邊撒尿拉屎，更不會嚇到老人小孩，狂犬病就此絕跡。寵物醫院對此提出抗議，他們說靈犬不是生命，無法跟主人有真的情感交流。但是養過靈犬的人宣稱，靈犬是他們的孩子……奧力說不清自己怎麼能一眼認出靈犬，還知道這麼多關於靈犬的事。

奧力目送靈犬搖搖擺擺走遠了，轉頭發覺白桃也走遠了，她的身影沒入暮色，逐漸模糊，只有兩隻裸臂和一雙小腿，泛起了月光似的瑩白。

6 腦部不尋常的放電

「有人懂」官網頁面寫著：本台因違反「網絡安全法」，暫時關閉進行內部整改⋯⋯。

奧力把手機一扔。當然它是違法的。這不是明擺的嗎？它不可預料不可控制，沒有人知道什麼奇怪的問題會被丟出來，答案裡有多少邪門歪道。多少潛伏的瘋子邊緣人，像白桃那樣懷著一個奇怪的故事，迫切說給陌生人聽。那個白桃，狀似無害，甚至，他必須承認，還有幾分魅力，當她隨著故事情節起伏，臉上出現生動的表情，眼眸一剎那點亮。

他們拿走或改變了你的記憶，白桃說。他摩摩光頭。兩年前的車禍，他一直沒搞清楚是怎麼發生的，一切都很模糊。車禍後，他過著一個人的生活，更加封閉，日復一日。難道他不是一直都這樣的嗎？

他回腦科複診。醫生發現他腦波有不尋常的放電活動。

「在負責長久記憶的海馬體，還有感知危險的杏仁體區域，活動非常活躍，」醫生說，「現在還看不出是腦傷後遺症，還是其他。」醫生在病歷表上刷刷鬼畫符，「你剛才說，睡不好是吧？做惡夢？」他停筆，看著他的眼睛，「有沒有聽到什麼奇怪的聲音，比如說，有人在對你說話，或是看到什麼奇怪的事物？」

「什麼意思？」

「就是理性上知道不可能發生，但是感覺像真的一樣。」

「你是說，像做夢，夢裡感覺很真，醒過來明白只是夢？」

「可以這麼說。有嗎？」

「應該……沒有吧？」

醫生開了藥，說可以緩解焦慮，改善入睡困難多夢易醒的症狀，一個月後再來報到。

上回去了商場那家按摩椅專賣店後，陸續收到一些廣告推送，有推拿店，保健食品，還有健身房。大數據不僅從他的消費意向判斷出他有理療需求，還推斷出他精神需要放鬆，很快地，全民線上K歌來了，城市慢跑圈來了。也許他們推什麼都不算錯，因為什麼都跟身心息息相關。

電梯直上頂樓，他推開玻璃門，天色未晚，花園裡散落著幾個人，吸菸，看手機，神色茫然地放空。月光不在水泥橋上。今天有點早，因為他沒有逛商場，直奔頂樓。他打開紙袋，拿出漢堡，就著汽水啃起來。吃畢，點起菸。月光還是沒有從樹叢陰影處走出來，站到橋上。橋就在花園中央的制高點，她總是站在那裡朝各處看。

腦裡有個聲音在催促他：去吧，去看看……。

他站起身，一步步走上那橋，過橋向前，沿著一個彎道，便到了月光總是消失其後的矮樹叢。矮樹叢後有個水泥小屋，漆成竹綠，旁邊還有一排碧綠的假竹。到底是掩護，還是裝飾？設計師的意圖令人摸不著頭腦。門口掛了牌子：「安全監控室」，下面一行字：非工作人員請勿擅入。奧力敲門。

「誰啊？」

奧力繼續敲。

門開了，露出一張瘦削男人的臉。「有事嗎？」

「請問，你知道這裡有個女的，常站在橋上的？」

男人一副不想搭理的態度。「你有事？」

不能退縮，安全監控室的人，什麼事不知道？「你曉得我在說什麼嗎？」

「你有什麼事？」

「我就是，想知道那個女的，今天來不來？」

「那個女的？」男人捏捏口罩鼻頭的部位。這是個壞習慣，如果空氣中有病毒，那裡會積攢大量病毒。

「那個穿吊帶裙的。」幾個月以來，他見到她時，都是同樣的那一身吊帶裙。也許是她的制服，哪家美容院或餐廳。他突然洩氣了，準備在對方說出「不知道」或是「必須保密」時，轉身離開。

「時間還沒到，天黑了才上崗。」

「她是，是……」

「唔，就是個試用款，造價高很多，但是顯得高端大氣，對吧？」

「哦，啊，是這樣的……」奧力很快鎮定下來，彷彿腦裡有個地方預知了答案。他接受了月光的特殊身分，如同接受了仿真娃娃和靈犬。

「你有事？」

「沒事沒事，就是好奇。」他寧可這對話的結束是「跟她說一聲，我來過了」之類的。他猜月光此刻就在屋裡，門後或貼牆，姿態表情就如站在橋上一樣。

門關上前，他瞥見小屋裡的電視牆，一格格正播放屋頂花園各個角落的動靜，他往這裡來時，男人肯定正好整以暇看著他，研究他的表情。男人應該很熟悉他，因為月光早就看到了。

7 瞬間的分裂

週五的晚上。奧力一離開辦公室，就忘了今天打過什麼電話，做成什麼單，或是犯了什麼錯。他感知到有人在等他。誰？在哪裡？

超級颱風愛達今晚登陸，沿海地區謹防海水倒灌，市區謹防內澇，居民應儲備食物和用水，檢查門窗玻璃，注意高空墜物，非必要不出門……。一早手機的氣象台發來通知，母親似的叮嚀。母親最早教會孩子的就是世界是危險的，一灘泥水，一個秋千，一隻小狗……都有危險。「當心」總是跟「不要」手牽手出現。你聽話時，她和顏悅色，給你買糕點和玩具；不聽話時，面孔突然扭曲，推你打你，跟你有仇。

他帶了傘，但是雨還沒下來，只在他走出公司大樓時，颳起陣陣強風，行道樹紛紛彎腰求饒。大默城每年都會迎來六七個颱風，由於地理位置偏北，從南方來的颱風到此便力乏了，但是，氣象局警告，愛達今晚會挾著威力無比的風雨直擊默城。

微波爐還是不記得下單。颱風天，就不點外賣了，他放兩包方便麵到鍋裡，加兩個蛋。窗外的風吹得越發緊，雨下來了，玻璃一片白濛。他聞到烤紅薯的香氣。

一個小火爐，烤著紅薯，冒出白煙和香氣。屋簷一溜的白色雨線，嘩嘩水聲，地上污水竄流。這是村裡唯一不會漏雨進風的老宅，二十多個孩子聚在一起，聽阿力講故事。阿力的故事張口就來，也許他上輩子是說書人。

奧力皺眉頭。這幾天不知怎麼的，白桃的家鄉常在腦裡閃現，她說過的場景人物，自動在裡頭搬演。誰寫的劇本？

方便麵，煮時香氣四溢，幹掉半碗後就如食雞肋。他要一碗真正的麵，從和麵開始，從豬大骨熬湯開始。作為一個活人，他需要過程，過程裡的折騰。他很寂寞，但是他不想找什麼人工智慧伴侶。他有話要說，但一句也說不出口。

為什麼活成這個樣子？也許哪一天，他便倒在這小公寓裡，一個沒有故事的逝者。浴室鏡子抹去霧氣後，出現一張青蒼的臉。他甚至不敢百分之百說這人是他。他會不會是另一個像月光那樣的機器人，只是更高端？車禍後，他們是否在他腦裡植入晶片，給了他編號？每晚，陪伴他入睡的聲波儀，不過是在監測操控他的腦部活動，收集他的生活數據？他是不是只是大默城進化的一個實驗？

白光在天際抽搐，墨空中流彈炸開，前所未見的暴雨正以雷霆萬鈞之勢傾潑大默城。奧力蜷縮在沙發上刷手機。影片裡江水倒灌，黃水淹沒了他跟白桃相見的江濱大道，逝水咖啡館只餘尖尖的屋頂，那棵老櫻臂枝斷裂，在風雨中簌簌顫抖……影片結束在拍攝者的驚呼中。

他閉上眼睛。

日日報到卻從未正眼看過的宏光大樓，招牌從天而落，摔得四分五裂。有一扇窗沒關攏，狂風暴雨乘隙而入，將幾個辦公桌上的文件全部颳起，地毯打溼。同事的黃金葛摔得土泥散落，他的杯子粉碎，夾克兩臂抱住椅背瑟瑟發抖。星曜商場頂樓花園，假花假藤颳走了，水泥橋下真的有了一潭水。月光立在小屋裡，穿著她唯一的吊帶裙，永遠不變的表情。如果有必要，她還是可以出去站在橋上執行任務。無數個白色和藍色方形口罩，從路人的臉上被剝了下來，像一隻隻粉蝶在半空中飛舞，它們撲來撲去舞得瘋狂，有的掛到了信號燈和樹枝上，有的墜落到泥水裡，被人踩在腳下。奧力似乎看到了這一切，如此真切，彷彿自己跟城裡幾百萬個探頭連在了一起……。

突然間，什麼都消失了。屋裡屋外，四處一片漆黑，冰箱的嗡鳴，風扇的擺動，都停下了。他推開一絲窗縫，在呼嘯風聲中彷彿聽到有人吹哨。狂風大片大片斜切著雨，一會兒往西，一會兒向北。

手機裡小區群跳出幾條緊急通知。小區地庫淹了，路上水漫到小腿了，影片裡黃水滾滾。

底樓的居民氣極敗壞。圈裡有多條市區淹水的影片，他點不開。網路斷了。停電斷網，世界停擺。沒有除溼機的嗡嗡，沒有聲波儀的嗶嗶，沒有一切家電的騷動，手機也幾乎沒電了。颯颯風雨聲讓世界更安靜，奧力摟住一個抱枕躺下來。

「需要勇氣，需要天真，需要信仰。木頭人的咒語一旦解除，所有人，包括那些被鬼抓去的，都可以恢復自由。緊張氣氛被節慶的氛圍取代，我們可以任意逗弄灰頭土臉的鬼，拍手笑歎：你也有今天！」

他意氣風發，高談闊論。

「力哥說得好。」白桃點頭，眼神充滿崇拜。

他繼續說，話語就像大雨從天而降，激情澎湃，他有這麼多話，這麼多話迫不及待湧出。一路上，他拉著白桃的小手，不停說著。他感覺跟這個女人很親密，心心相映。江水滔滔，越往前走，水勢越驚人，就像大海。他們走著走著，眼前出現一望無際的汪洋。

莫名地，不可解地，這裡有白沙灘，沙灘上有個大拱壁，被海風海水日積月累蝕化，壁面有如蜂巢。他們攜手從拱壁下走過，來到海水跟沙灘的分界線。這裡的海水碧綠瑩瑩，像有千百瓦的綠色探照燈從水裡照上來，感覺要被那顏色給吞沒了，那是強烈到要令人作嘔昏厥的人工色彩。往遠處去，水色一層層逐漸變成靛藍、深藍，接上了天，從那海天的分際，出現了一雙雙眼睛，一眨一閃有如訊號燈，這裡那裡，鋒利嗜血肉食動物的眼睛。他們躲在暗處，他在明處。他看過這樣窺視的眼睛，等著他來，知道他會來。

白桃的手在他掌心裡淌汗，「前面沒路了，這是邊界。」

「當初，我們是怎麼逃出去的？」

「你忘了？」白桃的單眼皮定定看著他，他從其中看到跟仿真娃娃相似的眼神，空濛，彷彿包含一切，但沒有實質內容。「我們是遊戲裡的角色，如果你願意，可以從這個場景切換到另一個場景。」

遊戲？他瞪大眼睛，腦袋沉得像石頭，胸肺像要炸掉般難受，「我，不願意！」

「那你只能，下線……」

祥薈小區所有大樓的燈火同時亮起，嘈嘈切切，吱吱唧唧，所有聲音都回來了。切斷的已被連接，漏洞填補，重新接上的電流在大默城一無阻攔到處流竄，網線全面覆蓋，接續供給新紀元所帶給人們的一切文明，和其他。

三棟八樓B座的客廳，沙發旁一盞LED燈白光定定照著依舊閉著眼睛的奧力，有如捕蚊燈般充滿耐心。但是，奧力不會再醒來了。據悉，三千萬人口的大默城，每年有二十萬人在睡眠中死亡，是疫前的十倍，並在繼續成長中，關於這方面的討論，已被官方刪除。但是可以確信的是，奧力的猝死會被納入統計，成為大數據裡的一筆。

皮諾曹
與藍色鳥

1 手藝人的家族史

死亡無所不在，故死神無所不在。死神有不為人知難以饜足的好奇心，祂同時觀看著世上所有，流連於那些引起祂興趣的人事物，比方說眼前這個少年。

少年瘦弱白皙，呼吸急促，就像一株草那樣柔弱，四肢卻像乾木一般僵硬，長時間一動也不動，只有黑白分明的眼睛裡頭閃著好奇的水光，神情顯得既天真又老成。天真是因為未諳世事，老成則是從書本裡習得那種對世界的揣度和自信。死神長久看著他，不帶特別的憎喜，只是一個旁觀者。

少年注視著窗外這棵香樟樹的一根枝條，枝條上立著一隻大鳥，藍色羽毛，紅嘴紅腳，從頭頸到胸部一帶墨黑。是藍鵲。死神曾在一個千里之外的海島上見過它的同類。斂翅時，黑藍兩色顯得莊重，展翅時，藍色大翅鑲著白邊，像披一件華貴的大氅。生得美麗但叫聲粗啞，這讓牠們更加有趣。冬天馬上就要來了，這只藍鵲準備往更溫暖的南方水域遷移，牠甩甩頭，整理羽毛，就在準備展翅時，金黃色的眼睛對上了少年的眼睛。

這一刻，好奇的死神成了藍鵲。

「我注意到你了，美麗的藍色鳥，這已經是你第三次停在這裡了。如果我活在童話裡，我要說你一定是哪個公主的信使，天天來探望我。但我知道你不是。你不必是誰的信使，只要是你，這麼美麗的藍鳥，我真希望多了解你一點，如果我能得到那本動物百科全書就好了，我相信裡頭一定會有關於你的介紹。要知道，我看過各種鳥來來去去，但牠們跟你的美麗真是天差地別。你真是，怎麼說呢，賞心悅目，單是看著你，再久也不感到厭倦。我從來沒有見過這樣純美的藍，天堂大門就該是這種顏色，黑色胸腹上的一簇白羽，那麼溫柔，還有閃亮的金黃色眼睛，那是小天使吹著的黃金號角。」

少年的眼睛裡透出十分的歡喜，歡喜中又帶有一絲恐懼。那些經常失去珍愛事物的人，會在眼裡刻下這樣一種表情。眼睛直接通往靈魂。

「我們交個朋友吧，我覺得你會對我的故事感興趣。昨天，瑪莉交給我一個錶，一個破錶，就是一般人不會多看一眼的那種。現在誰還需要錶來知道時間？對我來說，時間一點都不重要，我不需要知道時間，因為我的作息都是安排好的。對，就像一個尊貴王子一樣，我有僕人，三餐端進房裡，指頭都不用動一下。我什麼都不需要做，也沒有人要求我完成什麼，也就是說，我對這個世界不用負任何責任，單是呼吸進食和排泄，就夠了，就跟你一樣，我活得還沒有你累，你要吃蟲子得自己去找。當然，瞧你穩穩站在那樹枝上，一晃不晃，我跟你差遠了，我從來沒有爬過樹。」

「我扯到哪兒啦？哦，那個錶。那是個機械錶，錶面磨損得看不清指針，在三、六、九、十二四處各有一個亮點。這是錶的東南西北，有了這四個定位，就能看出時間，當然你首先要把錶給戴正了。錶帶是銀色金屬的，也都污鏽了。它看起來並不像個寶。跟著這塊錶一起的還有張字條：這是你祖輩留下的錶，現在交給你了。叔。」

少年爆發了一陣猛烈的咳嗽，胸腔進了什麼異物，不吐不快。

「老古董？傳家寶？我讓瑪莉把它收進抽屜。也許哪天有個小偷就解決了這個難題。這個難題不是維修的問題，是過去世世代代視為珍寶而傳承下來的，到了我手裡一文不值。我把它留著，不當一塊錶，因為我不會去戴它，也不適合戴它，只能當作傳家寶。為什麼它比有曹家血液在體內流動的我更能傳承？或許，我的曾祖我的爺，早就預知到了我這一代，一切都不同了。錶可能還是那模樣，好好地供在抽屜那個供桌，但子孫早就變了樣。」

「喂，聽我說，別看我躺坐在這裡動彈不得，我可是**手藝人**的後代呢！」少年對藍鵲頑皮地眨眨眼睛，「我們曹家先輩世世代代都是手藝人，在安穩的時代，他們是木匠鐵匠織工，燒瓷做瓦塑造佛像，時運不濟時，他們帶著工具，遊走於鄰近鄉鎮，在市集擺個攤子，在橋頭歇歇腳，給人搭手蓋房子做傢俱，有喜事的幫忙擺桌燒治流水席，有白事的就出力氣搭棚吹嗩吶，平日裡磨刀補碗修鞋補傘，一身本事隨著生活的需要變更。他們也會找個好姑娘結婚生子，每當做完一趟活，便有個家可以回返。」

少年閉上眼睛思考著什麼，然後很快地說：「我不羨慕祖輩的手藝，我真正羨慕的是他們經常在外走動，看過山山水水，了解許多地方的風土人情。他們的面目被日頭曬得黧黑，瘦而結實，兩條有著團塊肌肉的小腿，粗大的腳趾頭，黑色的趾甲。他們的眼睛自由攝入各種景像，沿途的男女老少草木蟲獸，清晨的山嵐溫柔拂過黑硬的山岩，傍晚時火紅的太陽墜入金波大海……到了我爸，他讀了點書，能修各款電腦和手機，輾轉到了個南方大城，喜歡城裡高聳的大樓和潔淨寬敞的柏油路。他跟房東的女兒好上了，很快有了我。我記得他常把我驕傲地扛在肩上，說將來我會是個大學生，掙大錢，不用再搞什麼手藝了。」

少年停下來喘口氣。看來他平日沒機會跟活物說話，都是自己說給自己聽，說得字斟句酌，咬文嚼字，一套一套長篇大論。

「然後，就是那個冬天。」他閉上眼睛，進入了另一個時空，在那裡可怕的事情正在發生，即使到今天仍未能完結。

「狂風夾著雨雪颳了好幾天，路旁的溝水凍成冰，大家都說從來沒有這麼冷的冬天。一天早上我醒來，房裡只有隔壁吳阿姨。我媽呢？我爸呢？阿姨看看我，歎了口氣。吃過午飯後，媽媽回來了，她抱著我流淚，說爸爸去了很遠的地方。又過了幾天，吳阿姨和吳老爹不見了，我問媽媽他們去了哪裡，媽媽只是把我抱得更緊說：別怕，媽媽在這裡……鄰居們原先聚在一起議論，後來也不議論了，躲在家裡很少出門。巷口王奶奶常抱著小孫兒在窗口看外頭解悶，但是那個房子突然搬空……冬天還是沒有過去，死般的靜寂，偶爾一陣猛烈的咳嗽迴來盪去，小巷變得灰撲撲地，被人用濃痰黏住了。越來越多人加入那個失蹤大隊，最後，媽媽也加入了，頭也不回向前疾行。然後，我腦殼發疼，胸腔裡像爛了個大窟窿，在床上爬不起來。」

「我醒來時，已經在這個房間了，渾身沒力氣，從此，我再也沒有出過門。」他環顧四周，彷彿此刻才認清自己的命運。「他們說我很幸運，現在有單位負責照顧我了，給家裡減了多少負擔。表叔把我家的房子賣了，偶爾來看看我，他是我唯一的親人……啊，你聽這腳步聲，鞋子拖磨著地板，走路不抬腳。這是瑪莉，我的第四個陪伴者。」

「皮諾，我把下午點心端過來？」

少年搖頭。

「吃點東西比較不怕冷。」

「我不冷，如果你怕我冷，給我一杯葡萄酒，還有一些橄欖和乳酪。」

「這裡沒有什麼酒也沒有你說的那個啥。你是在故事裡讀到的吧？外國人寫的故事，書裡那些亂七八糟的東西。看太多書不好，它們影響了正常的思維。」

「這個**非人**，哪知道書的好。」他低聲朝藍鳥嘟囔。

「外頭有啥？」瑪莉站在房門口，頭往屋裡探。

「沒什麼。」

藍鳥揚了揚翅，似乎要飛走，又像是對他說：把她打發走吧！

「我來關窗，你這樣會感冒的。」

「不不不，你別進來！我不冷，一點都不冷。窗戶就開了一條縫，這是你兩天前開的，說要透點氣，說房間裡味兒重，說新鮮空氣對健康最有益……」少年突然大聲嚷嚷起來。

他喊完又連忙輕聲跟藍鵲解釋：「我不喜歡別人進我的房間，他們總想找機會窺探我腦裡在想什麼。深夜半醒半睡時，我常感覺有人在我房裡走動，尋找著什麼，或在某個角落看我睡覺。」

少年喊叫時，瑪莉觀察他的臉色和呼吸的變化，等他安靜下來開始自言自語時，她便用哄小孩的口吻說：「好好好，小皮諾不想關就不關，唔，其實冷凍的羊角麵包，烤熱了吃很香的，你真的不要？」

「好吧好吧，麵包來一個，還要一杯奶茶。」

「羊角麵包和奶茶。」瑪莉拖著腳走了。

「你聽到了吧，這個非人，總是覆述指令，對我的抱怨充耳不聞，也許她的回路設計優先處理的是指令，不是情緒。」少年嘲諷地說，接著他把箭頭朝向自己，「瞧我，一身白肉，從來不曾在烈日下勞動，垂著的一雙手一動不動就像假手，不要說手藝了，我拿不穩一個杯子，只能吸管裡喝奶茶。」

藍鵲對少年的自嘲無動於衷，好整以暇啄著羽毛，秋光在牠的羽衣上鍍了一層金。

少年看著又開心起來。「藍鳥藍鳥，你為什麼還站在這裡陪我？連我都感覺到從窗縫灌進來的寒意。我刻意保留這窗縫，那一絲寒意或許能讓我的身軀顫抖呢！可歎我被囚禁在這副僵硬的軀殼，離開人就無法生存。但我這算什麼生存？是的，他們終於給了我幾本不是童話的故事書，那些書內容卻無趣，沒有像我這樣人的故事，後來我就不再要求讀故事了，我想認識這個世界。」

少年學起瑪莉說話的口吻，直著聲音語調平緩：你讀那些幹啥呢，知道那些你又能幹啥呢？

「書都是表叔送來的，我總盼著他來。他說，孩子！」少年粗著嗓子學起抽菸過多的男人喑啞的聲音。

孩子，你想在書裡找什麼？有些事你不合適知道，知道了對你的健康沒有益處，一點益處都沒有。

我要死了嗎？

啊，你說這是什麼話。誰說你要死了？你不舒服嗎？瑪莉，瑪莉，瑪莉！

我沒有特別不舒服，只是全身僵硬像木頭。

那，那就好。你不會死的，只要你好好聽話，安心靜養，會慢慢好起來的。

少年學表叔抹額上的急汗。

我會能夠自己站起來，走出去？去外頭大小便，不把房間裡弄得都是臭味？

啊，會的，會的。我讓瑪莉弄點除臭劑，它們有各種味道，柑橘、水蜜桃，還有糖果，你聞了心情就好了。

會好嗎？

會的，會的。孩子，你的幸福比什麼都重要，你過得好，大家都過得好。

「哈哈哈，藍色鳥，我叔那種窘態，讓我都有點同情他了。」

他繼續扮出可憐的聲腔。

都是……為我好，對嗎？

對的對的，叔除了你，也沒有其他牽掛的了。

嬸嬸和表妹呢？我已經忘了她們的樣子了。

那個，下次我帶她們來看你。

「我還想問下次是什麼時候，可是表叔急著要走，他總是匆匆忙忙。我注意到他胖了，嶄新的夾克也遮不住他的圓肚子，腦勺上那幾莖髮絲這回是全部向左梳……不說這些了。」

少年收起臉上那抹揶揄的笑，正色對他唯一的聽眾說：「我看得出你喜歡這棵香樟樹。他們種這樹是為了防蚊蟲。一般人無法想像蚊蟲對我是多大的干擾，我拿它們一點辦法也沒有，幸而現在蚊蟲對我也沒興趣了，它們穿不透我盔甲般的硬皮。我懷疑我的體內還有血液在流動，如果可以，我真想刺穿這樹皮般的皮膚，看裡頭是不是跟香樟樹一樣。」男孩低頭審視自己的手腕，有一瞬間，他的眼光鋒利如刀。

「嗯，我想說的是，這棵香樟由小樹苗長到可以搆到我的窗臺，樹冠成了鳥雀棲停的所在，早晨到黃昏，牠們吱吱喳喳，為我排遣不少寂寥。現在還來了你這麼一隻光彩奪目的藍色鳥，歪著頭傾聽我，彷彿聽得懂我說的每一句話。你神祕的金黃眼睛分得很開，雖然對著我，但似乎隨時留意著四周的動靜，顯得那麼警醒伶俐，你……」

這時瑪莉進來了，在輪椅桌板上特定的凹槽放了剪成小塊的麵包和溫奶茶，開啟少年頭頂上方的助食器，讓他自行控制餵食。少年長到十二三歲後就拒絕被餵食，只能讓他自行進食，但責任心重的瑪莉總是在旁邊看著，怕他噎著。

「我累了，先喝奶茶，睡一下再吃。」

「好，打個盹再吃。」

2 童話和花園

少年垂著眼睛吸奶茶，等瑪莉一走開，馬上又對藍鵲嘮嗑起來。

「唉，我吃什麼都不香。只有書，那是全世界唯一能讓我提起興趣的東西，當然還有你，你跟書本一樣美妙。打從我醒來那時，書架上就擺滿了童話書。本來有好些字我不認得，但慢慢地也都認得了，他們說我是特別聰明的孩子。因為我的聰明，讓我的不幸，啊，不，他們說讓我的幸運加倍。有多少人沒能住進來啊，有多少孩子連看書都沒辦法啊，你的腦子沒有燒壞，真是幸運啊，感謝上面及早干預及時救助啊！」

「人人把同樣的話說了好幾遍，最後甚至來了一個代表來探望我，他們說這是非常重要的人物，叫我好好表現。代表笑眯眯看著我，旁邊的人說什麼，他就微微點頭，最後他說你就是那個自己學會讀書的孩子？你讀一段我聽聽。旁邊的人立刻從書架上抽出一本，隨便翻了一頁讓我讀。這些書我讀得爛熟了，書頁都捲邊了，那時我翻書還挺俐落的，不像現在。木偶奇遇記。我張開嘴，但沒有出聲。你讀啊，旁邊的人堆著笑，讀一段給代表聽。我還是沒有聲音。然後我表叔的聲音從人群後頭傳來：趕快讀一段，代表很忙的！原來表叔也來了。我開始讀，那頁寫到皮諾曹長出驢耳朵，才讀了幾行，書被拿走了，大家都鬆了口氣。代表笑眯眯地說，不錯，這表示我們還是幫到了這些孩子。他看了一眼書架，啊，書都翻爛了，給他換新的吧。」

「大家興高采烈擁著代表走了。第二天，他們把書架上所有的書都換成新版。就是說，老朋友們都換上新衣。穿新衣的老朋友嶄新發亮，但是他們說給我聽的故事，如今卻透著陳腐說教和蠢笨。它們就像變了心的戀人，相處已經無味。不是他們變了，是我，是我渴求新的故事。

可愛的藍色鳥，我真希望能有本百科全書。為什麼給我一塊無用的錶，而不是能讓我更認識你的書呢？我想知道你的名字，你的習性，你喜歡吃什麼。」

「建這座城的人，告訴我們樹的名字，卻沒有提到鳥。也許樹被固定在一處，時間久了成為地標，需要一個名字。喏，皮諾就住在香樟樹旁那棟樓的三樓。鳥來來去去，不需要什麼名字。這座城，就像香樟樹，而我們，就是鳥。」

皮諾含著吸管，把奶茶吸上又吐落，玩著孩童的遊戲。

「我不知道許多事物的名字。你往前看，那裡有個小花園，園裡開的可能是鬱金香，也可能是鳶尾花，我讀到這些美麗的花名，沒見過它們的圖片。我喜歡花，即使我從來沒踏進任何一座花園。每到天氣和暖的時候，有個坐在輪椅裡的小女孩會被推出來，在花徑上緩緩繞行，她的陪伴者有時會在某些地方停下來，指給她看一朵花或是什麼，我想，那個幸運的女孩一定聞過花的香，知道那盛開的到底是什麼花。」

說到這裡，他長歎了口氣。就在藍鵲以為他因疲累而說不下去時，他突然又開口了。

「我讀過一個王子的故事，他心心念念的就是他澆灌愛護的玫瑰花。我想，全宇宙也就只有一朵花能叫玫瑰吧。所以，花是很尊貴的，這就是我從書裡學習到的。美和尊貴，就像你給我的感覺。我能得到的書十分有限，有人深怕污染了我的思想。我腦裡裝滿各種奇奇怪怪的念頭，卻沒有一個出口。對我這樣的人來說，我想要知道的事太多。」他提高聲音帶著激憤，「你看那個花園四周的白籬笆。你可能以為它一直在那裡，就像這棵香樟一樣，哦，不不不，它是不久前突然出現的。那天早上我一看到就連忙喚來瑪莉，問她這籬笆是怎麼回事？」

少年又扮起單口相聲，帶聽眾回現場身歷其境。

啥籬笆？

花園，那個花園多了一圈白色的籬笆，看起來是用削尖的白木片圍的，就像一排短鉛筆。

鉛筆？你到底在說啥？

籬笆，我在說籬笆。為什麼要圍籬笆呢？他們想保護這些花嗎？這些花在那個花園已經多少年，從來沒有人會去踩踏，甚至去採摘，你知道，這些行為對我們來說是不可能的。

嗯，我看到了，是多了一圈白色的什麼。

本來是開向每個人的花園，現在圍起來，它們被誰占有了嗎？

你為啥這麼激動？生氣有害健康。

我當然生氣，那麼美麗可愛的花園，充滿了生趣，現在卻被一圈呆板可笑的木片圍起來。

花園還是在那兒呀，你還是看得到四季不同的花開，是吧？

不一樣，那不再是一個自由的花園了！啊，我知道了，這堵籬笆，一般人一抬腳就跨過了，可是我們，我們……。

皮諾，你想多了。為什麼會圍籬笆，肯定有它的理由，它已經圍好了，你再不高興又有啥用？你從來沒有下過樓，沒有進去過那個花園，說到底，它跟你，跟我，都沒有關係。

「瑪莉不懂我為什麼著急，我也不懂她為什麼不著急。」他想想，又說，「有一天我問瑪莉，我可以有一支手機嗎？瑪莉疑惑地看著我，說我根本不需要手機。一個月前，我終於等到表叔來。我跟表叔說，能給我一支手機嗎，用舊了不要的也可以。」

少年又分飾起二角。

你哪裡來這種奇怪的念頭？

我記得爸爸媽媽就有手機，把他們的手機給我吧。

啊，你這孩子，我上哪裡找他們的手機？這裡沒有網路，你拿個手機能做什麼？你需要什麼，告訴瑪莉就好了。

「之後，表叔把爸爸的錶給了我……」少年的語聲越來越含糊，他的頭歪向一旁，睡著了。

他坐在一個特殊訂製的電動輪椅裡，可以調整角度坐躺，有一個活動的桌板連著助食器，一個帶燈的閱讀架，椅子中心是可以活動的，下面就是便盆。

死神離去前，瑪莉拖著腳進來，拉下百葉窗。她動起來像個機器，面無表情，沒有一點柔軟的姿態。

3 藍鶲的生與死

死神在藍鶲的身體裡，牠飛得時快時慢，帶著祂在這片建築上空飛翔。少年說的城，是十來棟六層樓高的老房子，其間夾著零星幾塊綠地，周邊栽了一些花木。

藍鶲沒有找到蟲子，死神感覺到牠幾次奮力在鼓動翅膀抗拒地心引力。最後，牠停在一個矮樹叢裡，那裡沒有風，它斂起雙翅把頭埋進去，瑟瑟發抖。能量從小小的身軀裡慢慢流失，牠被流沙捲進去，正墜進一個不醒的夢。一隻脫隊的藍鶲，這裡就是牠的安息地。不遠處一隻狸花貓甩著長尾巴，目不轉睛。

死神心念一動，藍鶲打了個激靈，直直向藍天射去。牠彷彿是剛成年，想交配，覓食，不知疲倦。牠掠過草地，越過花園，一直往前飛去，飛離了建築群，來到一條人造溝渠，在渠邊有一叢漿果，牠吃了點，又撲進枯黃的草叢裡埋頭啄食。牠繼續往前，這裡有片菜園，採收後遺棄了一些有蟲洞的菜葉，幾棵野生的柿子樹結著小小的黃紅果子，都被蟲咬過鳥吃過。這裡的黑土散發著肥沃的腥氣，藍鵲吃到了美味的蟲子，停在一棵苦楝樹上，啾啾喳喳唱起來。

放眼望去，一片平疇在秋日下閃著光，阻斷這光的是一棟四四方方的水泥建築，突出一截粗短的煙囪，漠然矗立於平野之上。死神聞到再熟悉不過的味道。那裡是死者軀殼最後一站，在火焰的洗禮後，化作灰燼和骨骸。難怪菜園土地那麼肥沃。

日頭偏西，秋末的陽光如煙。死神離開藍鵲。牠橫臥在乾硬的土地上，一動不動。少年不久前才盛讚過的羽毛，被風吹得微微顫動，光澤和顏色隨著光線的昏暗逐漸消褪，變成一團灰藍。這離群藍鵲的家遠在千里之外的海島，牠是怎麼來到這裡的呢？錯誤的時間，錯誤的地點，但是，跟少年的邂逅怎麼能說是錯誤的呢？

出生可能是偶然，但死亡是必然。怎麼到達死亡的過程，向來是死神感興趣的，可以說，死神跟少年一樣喜歡聽故事。於是下一刻，藍鵲振翅高飛。

4人、人偶、偶人

喲，喂，啊啊啊，嘎嘎嘎……

少年睜開眼睛。他滿臉通紅，正在發著高熱。天剛亮，清晨透明的光線從窗簾縫隙照進來，窗外傳來一陣又一陣如老人咳嗽的鳴叫。

少年露出一絲笑意。「是你嗎，藍色鳥？是你叫醒我嗎？這可真美妙。」

他掙扎著坐起來，打開輪椅鎖，啟動輪椅往窗這邊靠近。百葉窗簾被拉起一半，藍鵲貼在窗玻璃上。

「我做了個噩夢，夢見你臥在曠野裡，一動也不動，我把你拾起，你瞪著灰白的眼睛。冬天要來了，你為什麼不趕快離開呢？為什麼？我問你。」少年憐惜地說，但隨即又說：「還好你沒有真的離開。啊，到屋裡來吧，我這裡有食物有水，也比外頭溫暖。我讓瑪莉把窗子開大一點，你就可以進來了。」

少年這是在邀請死神呢！傳說中，一旦死神進了病人房間，必定會攜著靈魂離開。少年沒有聽過這個傳說，即使聽過，他也無法從死神隨心幻化的千萬種形象裡辨識出祂。

不等少年召喚瑪莉，藍鵲把堅硬的喙探進窗縫，一點一點撬開它，一側身便進來了。牠優雅地飛了一圈，落在書架上。

少年睜大眼睛，臉上充滿驚喜。這一刻，他突然生起一股強烈占有的欲望：他要這只鳥永遠陪伴他，不加入失蹤大隊。如果他有力氣就好了，他會立刻奔過去關緊窗戶，牠就飛不走了。

藍鵲停在書架上，氣定神閒，好像洞悉了他的意圖，並對之不屑一顧：你自己被關起來，難道你也要你所愛被關起來？

少年以為聽到了藍鵲對他說話。他艱難地嚥了嚥口水，努力睜大一直不受控制要垂下的眼皮。「我很高興你來了，我的藍色鳥，我唯一的朋友。他們總說我很幸運，我現在也這麼認為。」

他向後躺，頭靠在枕頭上，眼睛半睜半閉。「昨晚，他們，他們又來了，從照片裡下來，男的女的，一個接一個，靠近我，俯身檢視我，黑眼珠從白眼球上凸出來。模糊的語聲，曖昧的表情，憐憫或憎惡，我不知道，不知道……」

「昨晚我很難受，現在好多了。」他啞著聲音說，「我一直渴求有個朋友，無話不說，願意傾聽。我試著跟書中人說話，但他們逐漸聽不懂我在說什麼。我察覺自己需要的不是書，是人，人的垂憐，人的理解，這或許是我被創造出來時就埋進身體裡的，相信……人更高、更美、更具權威。這世界萬物由他們命名，我的幸福取決於……他們如何待我。」

少年喘息著，語聲明顯比昨天微弱，但話興不減。

「藍色鳥，好朋友，我必須坦白交代。昨天我告訴你的不過是，仿人族家族史的杜撰

……」

少年住口了，被自己的話嚇了一跳。深埋心底的念頭，只敢偷偷想著，從未說出口。

「我描繪出一個手藝人進城的形象。他們有一身技藝，看過山山水水，走過大片土地，一步步從鄉下走進城裡。世世代代的傳承和希望，卻在一個特別嚴酷的冬季消亡殆盡。一個人族的故事。」

他困難地深呼吸，片刻後終於能再繼續。「我承認羨慕人族。誰不呢？即使那些作出嗤之以鼻姿態，批評人族各種不潔淨和殘暴作風的，也跟我一樣暗暗羨慕。只要他們曾經讀過人族的書，只要他們曾經聽過人族的傳說，甚至只要他們像我這樣長久凝視著一扇窗，看見窗外那棵人栽種的香樟在風中搖曳，鳥群從天而降，棲落在枝梢，只要他們看到那不同於自己的靈動，就會從內裡深處發出歎息。」

「我們發出歎息，因為我們的內裡是柔軟的。不同於瑪莉，她看起來像活物，其實是機械的組合，外表柔軟但內裡冷硬，善於聽從指令，沒有自己的主張。瑪莉的視物辨識能力不佳，

過了保修期沒法回原廠維修。對一個不需陪我出門的陪伴者，她的視力已經足夠。你見過她，她還算好看。他們把**人偶**設計得比一般人要漂亮，看起來賞心悅目，就像一個精巧的家電，只能取悅，不能威脅，也不能魅惑，就是，物件的美。我族，也就是**偶人族**，雖然外表僵硬，行動不便，但我們是有**感情**的……」

少年說到「感情」一字哽咽了，他清清喉嚨，「嗯，我有點激動，沒什麼好羞恥的，感情是我們最寶貴的賜予，我們一出生便在學習它，直到生命的盡頭，而那，一般也只有十餘年。感情區別開我們和完美的人偶，讓我們跟有各種短板的人族成了近親。不過，我想要講的不是人族。他們有幾千年的歷史文明，生活在地球上已經幾百萬年，我們是他們的突變。我的祖輩，在這點上我沒有編造，百分之百是手藝人。」

「約當上個世紀初，西南地方一個小鎮，出了個遠近馳名的木匠，無兒無女，一人獨居。他心靈手巧，工作之餘常喜歡雕塑各種動物。松鼠，小鹿，兔子，狐狸等，個個栩栩如生，一列擺在窗臺，小屋裡點上燈，有小動物們陪伴，夜晚就不那麼寂寥了。有一天，木匠做出一個人偶，有著頭臉軀幹和四肢，木匠給它挖出眼睛和嘴，安上一個鼻子，兩片耳朵，小木偶看起來就像個頑皮的男孩。木匠拉拉它的手腳，撫著它的頭臉，搓搓它的肚子，越看越喜歡，破天荒給它取了一個名字。一個名字就讓人偶變成偶人。想想看，命名的威力……」

少年住口，不是不知道說什麼，而是太多話一起湧上。高燒讓他的思緒像一壺燒開的水，嗤嗤溢流到紅熱的爐上。

「是的，你可能聽說過我族傳說的其他版本，我的是從我媽媽那裡來的，所謂的床邊故事。我們都受到床邊故事的影響，不是嗎？就像人族的女媧搓泥做人，創造天地萬物，我們信仰的是點石成金的木匠，他在我們僵硬的軀殼裡，安放了一顆熱呼呼的心，噗通噗通地跳，從此無生命的**它**變成有生命的**他**。這就是我族的祖先皮諾曹，他是木匠的兒子。」

「皮諾曹雖然有顆噗噗跳動的心，有從錯誤中學習的智慧，但是他的四肢畢竟是木造的，對的，你沒聽錯，他雖然是偶人，但不是人，偶的元素占了他肉身組成的一半。如果他變成百分之百的人，這就是人族的故事了，但是他沒有。那麼，他怎麼能找到跟他相配的偶人，而且還能繁衍後代呢？這個……偶人之城，是的，偶人之城，住的都是像我這樣的半人半偶，我們是怎麼來的呢？」

少年瘦削的臉頰燃起兩朵火焰，把雙眼燒紅了。

「我們，是怎麼來的呢？」他鄭重地重複這個問題。

「小時候，我們也跟皮諾曹一樣四肢靈活，過了幾年，從腳趾手指這些末稍神經開始逐漸硬化。表皮就像結了厚痂，感覺變得遲鈍，到最後，我們只能坐在人設計的電動輪椅裡，由人發明的人偶來陪伴照顧。他們甚至特別造了這個偶人之城。偶人之城是祕密，所謂**公開的祕密**，人們不可以公開討論，以免引起恐懼，但是關於偶人的傳說一直不斷。」

「傳播最廣的可能是關於一場大疫，我的第一和第二個陪伴者，都跟我說起過。第一個陪伴者把它當床邊故事講，當時我年紀小，似懂非懂，只記得她總說鬼故事比人的故事好聽。第二個陪伴者把它當祕辛講，總是遮遮掩掩，壓低聲音說，說到關鍵處還要賣關子，在我心裡留下了很多問號。第二個陪伴者走了以後，就再也沒有人跟我提這段傳聞，我也逐漸忘了其中的細節。我現在告訴你的是殘存腦裡的版本，我不能保證它不失真，但是，如果它只是一個像鬼故事一樣的東西，失真也沒什麼大不了，不是嗎？」

「那時，發生了一場大疫，人們大量死去，幾日之內一個村一個鎮的人口可以完全消失，路邊堆滿了凍硬結冰的屍體。這還不是最可怖的，在暖和的南方，惡臭和傳染病的慘怖就不用多說了。之前被徵用的民間企業冷凍櫃不夠用，他們找來了各地的工匠，一兩天內，城裡出現了許多大型的冷凍庫。即使如此，在很多地方，冷凍櫃還是輪班使用，四個小時換一次，只要不解凍就好。人像動物一樣死去，死去的人，比死去的動物更加顯得可憎或可怖……這時，上頭緊急推出一種未經科學驗證的特效藥，保住了某些兒童患者的性命，但是這些倖存者變得像木偶一樣四肢僵硬，這就是它的後遺症。這種流言被視為是對英明政策的污蔑，官方幾次出面闢謠，卻讓更多人得知了偶人的存在。」

藍鵲揚起一隻翅膀，像是給少年的故事點讚。嘎嘎，你到底是偶人，還是病人？

高燒中的少年，彷彿聽到了藍鵲的提問。他一點也不覺得奇怪。世界可以是這個樣子的，會說話的藍色鳥，會說話的木偶。哈哈哈，少年被自己逗樂了，他從未如此充滿傾吐的欲望，各種想法滾滾而來，如果他不快點說，就會被淹沒。

「我當然是偶人，是皮諾曹的後代。我沒病，我本來就是這個樣子。你能說瑪莉沒有心是有病嗎？她就是個機器人。她說的不是自己的意思，每個問題都有標準答案。你對她提出的要求再怎麼重要或緊急，如果不在被授權的範圍內，她無法理解，也不能作出及時的回應。她對我從來不曾失去耐心，無論我說難聽的話，或刁難她，她的回應都謹守陪伴者的身分並帶點媽媽的口吻，雖然這點令我作嘔，咳咳咳，但他們相信，我們偶人是需要呵護的，因為我們弱小無助。這是她的設定，她在很多方面都比一個心力交瘁的照顧者更能勝任。當然，一個因為心力交瘁對你破口大罵的照顧者，心裡很可能是愛你的，但瑪莉只是在執行指令。如果程式設計瑪莉在某一天把我從窗口推下去，她會毫不猶豫去執行……」

少年一口氣說了許多，最後聲音低下去了，微弱的聲音像沙沙的雨聲，他還想說什麼，但是眼睛已經合上了。

5 當王子遇見公主

被撬開的窗縫灌進一股寒風，吹動百葉窗簾刷地一陣響，少年睜開眼睛，顯得精神奕奕。

藍鵲鼓翅翩翩飛起，牠掠過牆上掛著的幾幀照片，是一些男男女女在少年房間裡參觀合影，最大的一幀是一個面露微笑的男士俯身和少年的合影，一本書被翻開來放在少年的膝上。訪客穿著白色藍條的防護服，戴透明面罩，好奇興奮的面容清晰可見。藍鵲盤旋了幾圈，最後落在少年的膝頭。

牠問：「所以，你們偶人是怎麼繁衍的呢？」

「我們靠的是，」少年耳語，「傳染。」

藍鵲歪著頭，興味盎然。

「我們愛上誰，肢體一接觸就會把對方變成跟自己一樣，不管是男是女，是老是少……」

藍鵲發出了一串低啞的鳴叫，宛如老者的笑聲。隨著這笑聲，少年攀上藍鵲的背，一起從窗縫飛出去。

少年清楚感覺到自己的臉頰貼著羽毛，羽毛有陌生的臊味，摩擦他的臉，搔得鼻子發癢。他雙手環抱藍鵲溫暖的頸項，在城的上空盤旋，衣衫被風捲起，頭髮四散。他一點也不覺得冷，相反，他感覺到早晨的太陽升得老高，照得他頭頂心暖烘烘，四周的景物熠熠生輝。他看到許多屋頂，屋頂上堆了雜物，晾著衣衫，看到樹冠，然後樹變成小苗那樣許多棵並列。藍鵲開始盤旋往下，樹枝頑皮地對他招手，房牆上有電線和樹的影子，柏油路，小石子路，枯黃的草皮，白圍牆果然醜陋。他們降落在花園前。

他們並不是唯一的訪客。一個女孩，一條細細的辮子紮紫色髮帶，坐在輪椅裡。女孩眼睛盯著前方，臉頰上有幾道淚水。她這時察覺到不遠處少年的眼光，有點惱怒地別過頭去。

少年想，這一定是一位公主。童話裡的公主總是有各種講究，要睡最軟的床，晚上跑出去跳舞，作出承諾但輕易食言。她們美麗而任性。

「您好，」他彬彬有禮地開口，「您一定是這座城的公主，我叫皮諾，是鄰國的王子，今天第一次到訪。請問，您遇到什麼麻煩嗎，我願意盡棉薄之力。」

公主轉過臉瞅一眼王子。她用一條粉色手絹拭去淚痕，清清喉嚨，以一種矜持的態度對他頷首。「謝謝您，皮諾王子，但我想您幫不上忙。我已經派出我最忠誠的僕人，他們在花園裡到處尋找。」

王子舉目一看，有個女僕正在花園裡滿頭大汗到處翻看，不時被花刺扎到手，嘴裡哼哼叫著。

「您丟了什麼寶貝嗎？」

「嗯，是我最心愛的金球。我把它拋來拋去，讓我的僕人撿拾作樂，您應該看看，我的金球拋到半空中時會閃耀出什麼樣的光芒！結果，最後一下它落進了花園。這個花園我進不去，花枝那麼繁茂，裡頭還有我的僕人懼怕的野貓，牠們躲在花叢裡，有尖尖的爪子，無聲無息撲上來，我的僕人找起金球來就更困難了。」公主臉上現出愁容，這讓王子的心揪緊了。

「您放心，我能找到您的金球，但是您要怎麼謝我呢？」

公主打量眼前這位陌生的王子，他危危站在那裡，風一吹就要倒。她露出一絲懷疑的神情，但還是禮貌地問：「您希望得到什麼樣的感謝呢？」

皮諾王子眼睛放光，「如果我能讓您再看到金球飛到半空中的光芒，首先我希望能知道您的名字，可愛的公主；第二，我想跟您握握手做朋友；第三，我希望以後還能再見到您。」

公主跟王子同樣白皙的臉容上浮現一抹紅暈，少女的本能讓她感到羞澀，她輕聲說：「我答應。」

公主語聲一落，不等王子吩咐，藍鵲便像箭一般飛進花叢。牠在園裡撲落騰起，一會兒東一會兒西，一隻狸花貓被惹得躍起半天高，探出爪子但搆不著，正朝花叢裡看的僕人，驚得連聲尖叫。就在這時，藍鵲發出沙啞的叫聲，只見一隻金光燦爛的球從花叢裡滾出來，沿著花徑一路過來，撞上籬笆後彈起，正好落入公主的懷裡。

「啊，我的金球！」公主綻開比金球還燦爛的笑容。

這對少男少女對看了幾秒鐘，公主開口說：「我叫艾美。」

「艾美公主，幸會幸會。」王子看著坐在輪椅中甜蜜微笑著的公主，心頭一酸。自己也罷了，但這麼一個可愛的女孩，竟然腿腳也不方便。

看到王子的眼神，公主說：「皮諾王子，真羨慕您能站在那裡。」

「其實我跟您一樣，現在我是……我是靠著風的力量支撐，它抵住我的腰，讓我可以像小騎兵那樣，即使只有一條腿，也能夠站立。」

「啊，我也希望能踮起腳尖來跳舞。」

公主聽懂了王子說的話，這給王子莫大的鼓勵。他鼓起勇氣慢慢走向前，心跳加速，額頭冒汗。這真美妙啊！心裡有個聲音悄悄讚歎，我竟然要摸到一位公主的手！艾美公主抱著金球的白手，在陽光下閃耀著，美得讓他無法呼吸，甚至想要逃走。但是後腰背的風一直推動他，讓他往前顫顫走去，彎腰，伸出手。

艾美公主優雅地把手放到他的掌心，兩人對望著，既羞澀又快樂。皮諾王子手心裡的這只手是那麼纖巧柔軟，世上怎麼會有如此美妙的觸感？她的眼神像水般溫柔，彷彿應許他至高無上的幸福。

這是一部世上最神祕動人的大書，他從未讀過，但之前一切的閱讀就是為了這一刻。貓咪喵喵地叫，藍鵲啊啊地笑，皮諾王子心裡燃起火焰般的激情。這一握，解除了禁錮的魔咒，從此，他自由了。

6 誰都救不了他

月亮升到中天，照著少年的窗，裡頭人影幢幢。有人穿白色防護服，有人戴藍色口罩，他們時而爭辯著什麼，時而陷入沉默。

你什麼時候發現他生病了，你做了什麼措施？

對不同人的同樣問題，瑪莉一遍遍不厭其煩地回答。她的表情波瀾不興，一如她的語聲，敘述清晰，井井有條。

「他一直是病著的，從沒有一天好過，只是有時狀況好一點，有時差一點。早上八點來叫他起床叫不醒，他沒有發燒。他之前燒了一整天，現在退燒了，可是叫不醒他。到了九點，用力搖晃他，他還不醒，這時就跟管理中心報告，請求指示。」

「為什麼沒有在八點就向管理中心反映，因為工作手冊上要求觀察一個小時。過去也出現過各種奇怪的情況，後來都證明是假警報，浪費了很多資源。」

「發出緊急求救後，中心說會立刻派人支持。下午三點十五分，來了一通電話，通知醫療人員馬上會到。到了晚上八點零五分，醫療人員沒有來，但是病人的表叔張先生來了。」瑪莉看向一個禿頭的男子。

「下午接到通知，說孩子病得不輕，我連忙打手機給他嬸，她在商場買東西，剛給女兒試了幾件外套，拿不定主意，把照片發給我看。我讓她帶女兒回家，一起來看孩子，這麼些年她們一直沒空過來，我答應過孩子，下回帶她們來。等到晚餐時間，她們還是沒回來，可能是沒挑到合適的，你知道，天冷了，我女兒需要一件新外套，她現在特別愛漂亮，而且我們那裡總是在修路，車子開得像蝸牛……」他說到這裡，警覺到在這問題上又跑題了，這已經是他第三或第四輪的敘述，尷尬地抹抹汗，「我決定不等了，孩子現在不知道怎麼樣了，我是他唯一的親人，別人可以不來，我不能不來，對吧？所以我趕緊吃了晚餐，匆匆就跑來了。」

瑪莉接著說：「張先生來了，問他是不是送醫院？張先生無法決定。這孩子從來沒有下過樓，工作手冊上也沒有指示是否可以帶他下樓，怎麼下去？坐輪椅？背下去？兩個人扛下去？我們討論了很久，八點三十六分，王醫師來了。」

瑪莉看向一個矮胖的中年人，他生著一張圓臉，下巴疊著幾層肉，眉心有顆紅痣，講話帶笑，但語聲急切。「他們想把病人運下樓去，呵呵，這是反射性的思維哈，下一步怎麼做，有沒有計畫呢？送醫院？救護車是不到咱們這塊來的哈。」

「我說我開車來的。」張先生補充。

「我在這裡這麼些年，沒有哪個病人送醫院，沒有。作為駐地醫師，我必須負責任地說，這不是負責任的做法，不是哈。送醫院就有救？呵呵，恐怕要害死孩子了……」他壓低聲音。

「你是專家，救人是天職，那你說現在怎麼辦才好？」人群裡一個尖嗓子說。

王醫師聞言點頭又搖頭，搖頭又點頭，似乎無法對自己的天職搖頭，但又不能對擔下決策責任點頭。「治病需要條件，需要去醫院，我赤手空拳怎麼治。那孩子就這樣，大家都看到了，可能馬上不行了，也可能明天一早就好了，不好辦啊！」

「是不是要請示一下？」有人說。

請示的事，只能由一個面無表情的瘦高個子來做。他開口前習慣性皺眉頭，「這麼晚了……」

「大夥兒都忙了一天了，要不，先想個法子把孩子弄下去？」一個人打著呵欠說。

「對，把他弄下樓去！」附和的是這棟樓的保安，表現得很熱心。

「樓道那麼窄，有個閃失，他可能斷成一截一截的，誰來負責？」

「要是這樓有電梯就好了。」

「這是老房子改造的，怎麼有電梯？」

「拿來住病人，就該想到裝電梯，裝在外頭……」尖嗓子喜歡附議所有批評的意見，顯示思想的深度。

「不好裝，」一個粗啞的聲音插進來，眾人錯愕。這是一個修理工，他就住在小區裡，平時清下水道補破牆換窗門搭籬笆，有突發事件時機動支持。他稍早時悄悄進來，趁沒人留意，溜進廚房打開冰箱找東西吃。一整天他都在幹活，弄得一身泥，回宿舍洗了澡，還來不及吃喝就被叫來。吃了一個冷三明治，喝了點水，然後把廚房的小窗打開，抽菸。抽了兩根，還沒人來吩咐幹活，便到客廳來聽閒話。「這樓要裝電梯有困難，」他說。

沒有人理他。

「人無遠慮，必有近憂。」瘦高個子慢聲掉了個書袋。

「是不是跟上面報告？」

瘦高個子皺起眉頭思索這個提議的可能性，大家閉嘴望著他，討論了好幾回合了，人人都寄望上面來決定。幾分鐘後，高個子歎了口氣，彷彿這時才想明白，「這麼晚了，上面這時不會給什麼指示的。」

「病人容易骨折，坐在輪椅上移動最安全，但是，就算能抬著輪椅從窄小的樓梯安全下去，咳咳，各位有沒有注意到啊，這輪椅太大，出不了這個房門。」王醫師拍拍門框，「當初輪椅是在房間裡組裝的，必須找原廠家來才行。」他頗為欣慰自己發現一個其他人沒有察覺的難題。

「我有法子，」修理工說。

眾人銳利的眼神轉向他。

他搓搓一雙粗大有力的手，「孩子坐在輪椅裡，從窗口吊下去。」

「萬一孩子摔下去怎麼辦？」高個子這次的反應很決斷，「有樓梯不走，用這種不正規的方式，出了問題你負責？」

醫生對修理工點點頭，「你應該至少戴個口罩的。雖說這孩子的病不是靠空氣傳染哈，是接觸性傳染，而且是在特殊條件下的接觸，唔，對，是這麼說的，但是，誰知道呢？」

這是修理工頭一回進到一個病人的房間，沒有人告訴他要戴口罩。他訕訕地倚在窗口往外望。月亮已經轉到另一邊了，天上星光閃閃。香樟樹吐著清芬，夜鳥在啼叫，他探出半身到這濃濃的夜色裡，把沁涼的夜風深深吸進肺裡。這時傳來撲簌簌鼓翅的聲音，像有什麼正從樹的深處飛出來，仔細看並沒有，可是心跳突然漏了一拍，頸脖起了雞皮疙瘩，他便離了那窗。

此時眾人往客廳移步，瑪莉給大家倒熱茶。靜默中，一陣倦意襲來，他們在審訊般灼灼的熾白燈下鬆垂著臉皮。剛才的討論反覆來回，有人抓不到重點，有人早就知道答案，從正方到反方再到正方，現在單是動嘴巴也累。只能等待，等待能負責的人發話，回家休息。

修理工沒有跟到客廳去，他曾從窗戶吊上吊下沙發椅，相信自己夠靈巧強壯，可以妥妥地把孩子吊下樓，但是他們顯然不信任他。他往孩子半臥著的輪椅走去。這是設計多麼精巧的電動輪椅啊！正想看個清楚，卻發現孩子眼睛半睜半閉，皮色蠟黃有如一張面具。

7 藍色的羽毛

稀薄的陽光照在方盒般的水泥房，它孤伶伶又無所謂地立於荒野，煙從煙囪裡竄出來，一下子被風吹散到背景裡灰藍的天。

張先生壓住幾乎要隨風而去的頭髮，口罩拉到下顎，望著那縷青煙出神。這孩子運氣好，死了父母，還能住在這樣的地方，供吃供住，就因為上面認可他學習認真，而且還趕上了那幾年推廣「童話大家讀」。要不這樣一個孩子，去哪裡找錢。燒錢，而且無用。他讓瑪莉把錶給孩子帶走，她說規定不允許。等簽好文件，一切就了結了。以後補助款沒有了，這也是沒法子的事。他踢踢腳下的土塊，陽光照著，但一點熱度也沒，那青煙看著也是冷的。

大樓保安過來站在他身旁。「我背他下樓時，他渾身硬得像木頭。別人都怕，我跟瑪莉不怕。」

張先生遞過去一根菸。

「天一冷，走的人多。我過來的時候，對面樓的保安也來了，一個女孩，十四歲，昨晚突然全身僵硬，搶救不過來。聽說家人在外地，來不了。依規定是要馬上處理的，不能等，說是有傳染性。死了還傳染啊？」

保安掏出火給彼此點上。張先生吐著煙圈，茫然看著在風中一忽兒直直一條，一忽兒四散開來的青煙。現在它不只是他的侄子，還有一個不知名的女孩，他們一起到天上去了。

不遠處，瑪莉跟另一個陪伴者站在一起，手抱在胸前，瞇著眼。她看不清楚四周的景物，也不需要看清楚，這些跟工作無關。來的路上，沿途有一些野菊花，白的黃的，她沒有想要採點花獻給他。這種不實際的事情，只會降低工作效率。她已經接到通知，下週會有新的病人。

早上接到電話，詢問少年死前說話或行為有沒有出現異常？她查了下工作日記，報告少年最近曾出現過兩次情緒波動。一次是關於花園籬笆，一次是不願關窗，還有，他想要一支手機，好容易才打消念頭。上面重視少年的死亡，因為他是一個典範，有很多媒體報導過。派她來照顧少年，是對她工作能力的肯定，她也一直依照工作手冊的指導，盡力照顧他。這少年說來是有點奇怪，跟之前幾個病人都不一樣。比方說，他常自言自語，有時叫嚷起來，有時又哈哈大笑，她進房去探個究竟，他卻一臉木然，就像根本不曾開口。又比方說，他堅持叫她瑪莉，只因為她姓馬，還讓她叫他皮諾。張先生告訴她，這是因為代表來訪時，他讀的就是皮諾曹的故事，關於一個木偶怎麼變成人。

煙囪不再冒煙。又過了一會兒，水泥房裡有人來喊他們。除了保安先離開，其餘人都進了水泥房。張先生簽字同意骨灰交由集中處理，隨工作人員到後頭去。焚化爐打開了，熱氣撲上他的臉，他連忙拉上口罩。

大家坐在一起喝茶等待，水泥房裡非常陰冷，人人都想跑出去，外頭至少有點陽光。終於，辦事員把文件交到張先生手中，轉頭告誡陪伴者：「依規定只有死者可以送進去燒，什麼玩具紀念品都不可以的，下次注意。」

瑪莉一愣，她視為生命般重要的職業榮譽被侮辱了，「我給他擦身，換了乾淨的衣服，其他的都沒有。」

「推進去時，我看到一個東西擺在他胸口，只來得及揪下這個。」辦事員把它交到瑪莉手中。

那是一根藍色的羽毛。

【跋】

無所逃於天地之間

二〇二四年一月，兒子去西班牙馬德里玩，我提醒他不要錯過畢卡索的《格爾尼卡》。幾天後，他發來一張照片，正是這幅知名的反戰畫作。這是畢卡索第一次旗幟鮮明地創作了一幅反戰作品，被收藏在西班牙索菲亞王后藝術中心。

現代派大師畢卡索向來不願在作品裡注入特定的訊息，總是讓創作的意圖保持隱晦，以變形的意象和非敘事性的構圖，營造更豐富的想像空間。一九三七年，西班牙北部的古鎮格爾尼卡被納粹德軍選作實驗品，兩個小時密集轟炸夷為平地。失去生命，失去家園，家族數代居住此地的平民何辜？當西班牙共和政府委託畢卡索作畫時，他交出了這幅《格爾尼卡》：黑白灰的畫面上男人女人公牛和馬，跪倒嘶吼哀慟無告，激情的筆觸呈現了戰爭的殘酷。

如此貼近個人的災難，讓刻意保持疏離的藝術家也難以置身事外。

二〇二〇到二〇二二年，三年的全球大疫帶來前所未有的恐懼和挑戰。所有人被綑綁於同一個試煉中，必須互助合作以度難關，但防疫的強烈排他性，卻又讓人對「他者」心生疑懼。

防疫措施有鬆有緊，個人禁受的考驗，因身處之地而異。這三年期間，我有一半時間在台灣，一半時間在上海。每當我從這裡到那裡，都要忍受疫情期間旅行的種種限制和不便，幾次長達兩周的酒店隔離，多少次的核酸和查檢，初始恐懼於置身病毒大染缸，後來是明知其荒謬卻只能遵行的無奈。在二十一世紀的今天，我體驗到那種大浪頭，浪頭捲來無人倖免，個人價值泯滅於集體需求。即使最後僥倖浮出水面，信念已然動搖。

二〇二二上半年，上海封控的兩個多月裡，兒子獨自一人捱過所有的核酸檢測出入排查，每天計算著存糧。幸運的是他沒有染病也沒有挨餓，然而他躲不掉幽閉恐慌憤怒等情緒的折磨。

這一年，我在台灣探親，雙眼的黃斑病變急劇惡化，攬鏡自照，鏡裡出現的是變形扭曲的面容，像畢卡索畫的女人。我不得不緊急動了四次手術，有長達一年的時間無法正常視物。狀況好點時，我出門散步，沿途會經過鎮安宮，供奉的是醫神保安大帝。過去總是把廟宇當作歷史建築的我，這時會正心誠意跨入大殿，合什祈求醫神保佑，保佑親友們得免病厄，保佑我手術順利恢復良好。

從新冠到眼疾，這些經歷從內裡撼動了我。

疫後，大陸一些重要作家談到疫情，一致表示還無法處理這個題材，因為靠得太近。作家，也跟其他人一樣，驚魂卜定。一年過去，沒有等來什麼作品。寫實主義向來最能引起讀者共鳴，但是在自媒體遍地開花的今天，非虛構的新冠敘事所呈現的困境，所激起的共情，已然消解了虛構故事可能有的力量，就像二戰末期戰地攝影作品取代了戰事繪畫。何況新冠從當初的人人說時時說，已經變成不好說不可說。

如果不想繞開這個命題，我需要一個新的說故事的方法，去承載這個新的內容，需要採用另一種敘事策略，去偷渡無法書寫的現實。藉著跟寫實主義拉開距離，才有可能貼近真實。眾人的故事，需要眾人的視角。我期待像《格爾尼卡》那樣超越時空直擊人心的作品誕生，為我們的經歷、為這個時代作見證。在此，我僅能交出這幅拼圖的四小片。

〈來去曼陀羅〉寫於新冠元年二〇二〇，隔年發表於《天涯》。北京青年學者組成的《同代人》公眾號為之作了一期批評。五位學者中有四位肯定這篇作品，張慧博士的批評最為全面：〈來去曼陀羅〉不是一個完整的故事，而只是一個故事的開篇，它沒有確定的內核，卻很有層次感和纏綿味。作家在小說與作者之間創造了一種新型關係——小說人物可以繞過作者虛構的世界，在另一個敘事空間中關懷自己的命運，對作者的寫作大發議論。但這個敘事空間本身是混沌的，人物只有借助原來的小說世界才能辨認自己的面目，形成自我認知——一種微妙的後現代生存體驗被作家用這種近乎奇崛的方式傳達了出來。其次，作家極致地貼住了人物心靈——他們內在主體的斷裂感、欲望與困境，描畫出了當代都市人靈魂的輪廓。而細看這些輪廓的每個邊角，無一不為大時代與大歷史粗暴地打磨過。上海夢與美國夢，兩岸關係與房地產經濟——每個人的身上都被刻入了時代的基因，傷口上還凝結著歷史的花紋……在美學風格上，小說以黑色幽默的總基調沖淡了「傷痕小說」的抒情味，作品免於浮泛的感傷，增加了哲理與自省的向度。從小說的敘事空間和時代容量方面來說，作家能夠用中短篇小說的篇幅開拓如此大的歷史縱深，正如「螺螄殼裡做道場」，格外需要對時代總體性氛圍感的把握和刀刀見血的功力，而本篇小說無疑在這方面達到了典範的水平。

〈陌生地〉寫於二〇二〇年底返台居家隔離期間。當時我住在新竹的一間公寓，每天看著窗外對面的大樓發呆，故事逐漸在腦裡成型。

這一次我虛構了印度洋的一個島國作為舞臺。故事中的敘述者，沒有經歷新冠，但經歷了相似的隔離和恐懼，人我的猜忌，已知世界的突然崩塌。拋開之前那種對死亡輕飄的想像和意淫，她真實嗅到死亡的氣息，發現自己也跟其他人一樣，有可能莫名其妙倒在了異鄉的荒地上，任黑鳥啄食眼珠。在度日如年的磨難裡，她開始明白過去的生活不是那麼理所當然。「也許你說得對，我被寵壞了。」這是她學到的，也是新冠教會我的。

〈陌生地〉延續了我一向的戲劇小說風格，在《湖南文學》頭條刊出，被選入《北京文學中篇小說月報》。《湖南文學》主編黃斌推薦語指出：將熟悉的人物和故事寫出陌生感，而將陌生的人物和故事寫出熟悉度，顯然需要一種能力。無疑，作家章緣具有這種能力。這種能力，與她的修為、眼力，與她的探索和執著，緊密相連。

接下來二〇二一年的〈木頭人〉，我做了更大膽的嘗試。故事背景是疫後十年，人們生活在無所不在的監視器下，一切行為都被收集分析。書中人物經歷似真似幻，莊周迷夢，不知自己到底是大默城本分的一員，孤獨度日，還是被世界遺忘的潘村的孩子王，以講故事安定人心。鬼，眼光如電吐字如咒，剎那間把眾人定在原地；人，渴望同類的慰藉，握到的卻是冰冷的假手。故事裡出現了一些怪誕的情節，到底是腦裡的幻象，還是遊戲中的角色，一切都能成立，也能相互拆解。

小說發表於美國《世界日報》副刊，感謝主編王開平對我的實驗結果「不滿意但可以接受」。二〇二二年底，疫情趨緩，不待眼睛完全恢復，我便匆匆趕回上海，因為愛犬小寶病重。與小寶分離整整十四個月了，再見面時，牠完全變了一個樣，毛髮脫落步履蹣跚，不久一眼失明，幾個月後癱瘓。與此同時，驟然解除防疫措施後的上海，藥品稀缺，人心惶惶，各種傳言難辨真假。聽著外頭救護車鳴笛匆匆來去，我聽到死神的腳步聲，祂已經帶走了太多人，也即將帶走心愛的小寶。我的眼前常是一片模糊，因為眼疾，也因為淚水。

就是在這樣的時日，我寫出〈皮諾曹與藍色鳥〉，發表於《天涯》。故事的基調是悲傷的，寓言和童話讓它有了殊異的氛圍。小男孩有理由相信，這世界有人族、偶人和人偶，而沒有救贖的人世，只能祈求死神的悲憫……過去我常用夢境來擺脫現實、揭露欲望，但夢境只存在於人物的潛意識，沒有真的化作行動。這一次，我將童話與現實並列，一明一暗，就像抽屜的夾層暗格。奇幻的情節不是虛無的想像或夢境，它是穿過沉重現實的輕盈飛翔。

書寫讓我找回寧靜，感到筆下的文字流淌出新的自由和力量。不管成績如何，我感恩如此年歲如此視力，還能突破自己，享受天馬行空的書寫樂趣。

謹以此書獻給摯友孫芳鵑作為退休之禮，感謝她長久以來的閱讀和心繫。

國家圖書館出版品預行編目資料

陌生地 / 章緣著 . -- 初版 . -- 臺北市 :
聯合文學出版社股份有限公司 , 2024.04
208 面 ; 14.8×21 公分 . --（聯合文叢 ; 742）
ISBN 978-986-323-598-9（平裝）

863.57　　113002027

聯合文叢 742

陌生地

作　　者／章　緣
發 行 人／張寶琴

總 編 輯／周昭翡
主　　編／蕭仁豪
編　　輯／林劭璜　王譽潤
資深美編／戴榮芝
業務部總經理／李文吉
發行助理／林昇儒
財 務 部／趙玉瑩　韋秀英
人事行政組／李懷瑩
版權管理／蕭仁豪

法律顧問／理律法律事務所
陳長文律師、蔣大中律師

出 版 者／聯合文學出版社股份有限公司
地　　址／(110)臺北市基隆路一段 178 號 10 樓
電　　話／(02)27666759 轉 5107
傳　　真／(02)27567914
郵撥帳號／17623526 聯合文學出版社股份有限公司
登 記 證／行政院新聞局局版臺業字第 6109 號
網　　址／http://unitas.udngroup.com.tw
E-mail:unitas@udngroup.com.tw

印 刷 廠／沐春行銷創意有限公司
總 經 銷／聯合發行股份有限公司
地　　址／(231)新北市新店區寶橋路235巷6弄6號2樓
電　　話／(02)29178022

出版日期／2024 年 4 月　初版
定　　價／360 元

ISBN 978-986-323-598-9（平裝）